S'entendre ?
Se comprendre ?
Se plaire ?

L'auteur

Kathryn Lamb mène une vie tranquille à Gillingham, dans le Dorset, avec son mari Adrian, leurs six enfants et leurs deux hamsters. C'est avec leur aide à tous (sauf les hamsters, peut-être) qu'elle a réussi à écrire ce livre. Elle a déjà publié une trentaine de livres au Royaume-Uni, en tant qu'illustratrice et en tant qu'auteur.

Kathryn Lamb

★

S'entendre ? Se comprendre ? Se plaire ?

Les filles viennent de Saturne, les garçons de Jupiter

Traduit de l'anglais et adapté par Bertrand Ferrier

POCKET
jeunesse

Titre original :
Girls are from Saturn,
Boys are from Jupiter

Publié pour la première fois en 1998
par Piccadilly Press Ltd., Royaume-Uni.

À mes enfants

Loi n° 49 956 du 16 juillet 1949 sur les publications destinées à la jeunesse : avril 2004.

ISBN 2-266-11984-2

★ *Préface* ★

Chacun s'accorde à le reconnaître : les hommes et les femmes sont différents. Génétiques, biologiques, culturelles, historiques, psychologiques, sociales, éducatives et affectives, ces différences se manifestent dans la façon d'exprimer pensées ou émotions, de prendre des décisions, d'organiser l'espace et le temps, de concevoir les rapports à la famille, à l'amour ou à l'amitié, etc. La différence et la complémentarité sexuelles font partie des fondements de notre humanité. Et en constituent une des plus grandes énigmes.

Toute une vie est parfois nécessaire pour découvrir et accepter le judicieux dosage de masculin et de féminin en nous et chez les autres. L'art de la rencontre s'enrichit de cette intuition : la connaissance de l'autre passe par soi-même, la relation passe par l'acceptation. Mais quand arrive l'amour, à douze ans, vingt ans ou soixante-quinze ans, tout chavire, tout s'embrouille. Il est alors précieux d'avoir quelques points de repère pour ne pas se perdre.

À travers de désopilants personnages, des garçons et des filles agaçants de vérité, ce guide vise à donner aux adolescents aux prises avec leurs premiers émois quelques clés pour mieux se comprendre et pour mieux découvrir les autres. La provenance saturnienne ou jupitérienne des acteurs permet de tracer à grands traits leur caractère, mettant en lumière la moindre de leurs différences. Une lecture à l'ironie décapante, à conseiller à toute personne, adulte ou adolescent, parent ou enfant, homme ou femme, soucieuse de comprendre l'énigme de l'autre. Et prête à en rire.

Maryse Vaillant*

* Psychologue clinicienne et écrivain.

★ *Introduction* ★

Un drôle de rêve

J'ai fait un drôle de rêve. Sur une belle planète entourée d'anneaux, appelée Saturne, vivaient d'étranges personnages qui restaient de longues heures étendus au soleil, parlaient de tout et de rien, se remontaient le moral quand ils étaient tristes... On aurait dit qu'ils s'aimaient beaucoup et ne se disputaient jamais.

Un rêve ou un cauchemar : on appelait ces créatures des filles. Tout en elles était doux, rêveur, sensible, un peu nunuche, à vrai dire.

Et un jour, une énorme fusée s'est posée sur leur planète, et tout a changé. Les filles de Saturne étaient stupéfaites.

Le cœur battant, elles se sont précipitées pour voir l'engin de près. C'était un vaisseau spatial ultramoderne, mais ça, elles s'en moquaient complètement. Ce qu'elles voulaient, c'était savoir qui le conduisait, et ce qu'il venait faire sur leur planète.

Soudain, la porte de la fusée s'est ouverte.

Et là, stupeur ! Les filles n'en croyaient pas leurs yeux. Devant elles, il y avait des garçons beaux, mais beaux !

À l'intérieur du vaisseau, les garçons, qui s'apprêtaient à sortir, se sont arrêtés net. Eux aussi étaient éblouis par ce qu'ils voyaient : devant eux, il y avait des filles belles, mais belles !

Malheureusement, elles ne parlaient pas la même langue qu'eux. Ils les entendaient pousser des cris bizarres :

— Ils sont trop chous !

— Supercanon !

— Le grand blond est mégacraquant !

— Le beau brun avec ses lunettes, il me fait flasher !

— Non, c'est moi qu'il fait flasher !

— Erreur, c'est moi !

— Pas du tout, c'est moi !

C'était la première fois qu'une dispute éclatait sur Saturne. Et, déjà, d'autres cris s'élevaient.

— Celui qui a une casquette, il a craqué sur moi ! s'est exclamée Séverine, rayonnante.

— Sur toi ? a ricané Sophie. Plutôt sur moi, oui !

— Mais non ! est intervenue Salma. Regardez comme il me fait les yeux doux...

— N'importe quoi ! a lâché Samantha. C'est

moi qu'il a remarquée. D'ailleurs, dès que j'aurai mis ma jupe fendue et mon petit chemisier, ils seront tous à mes pieds...

En entendant ça, les autres filles ont hurlé.

— Quoi ? a rugi Sibylle. Mais si tu mets ta jupe fendue et ton petit chemisier, alors moi je mets mon pantalon en cuir et mon T-shirt supermode !

— Non ! a tonné Sandra. Si tu fais ça, je te préviens, je mets ma robe moulante, et tu verras sur qui ils craqueront !

— J'hallucine ! a fait Sonia. C'est pour ce que vous êtes vraiment qu'ils vont craquer, pas pour vos habits, et je vous parie que...

Trop tard. Sans attendre que Sonia ait fini, ses amies s'étaient précipitées chez elles et ressortaient en tenue de combat : minijupes, habits de soirée, vêtements hyperclasse, maquillage de luxe et bijoux fantaisie !

Les garçons regardaient ce qui se passait sans savoir comment réagir. Certains étaient rentrés dans leur cabine spatiale pour se faire beaux, eux aussi. D'autres bavardaient comme si de rien n'était, mais ils avaient du mal à prononcer des phrases complètes. Quelques-uns s'étaient mis à nettoyer frénétiquement leur vaisseau, histoire de s'occuper.

Les filles étaient catastrophées :

— Oh non ! On ne les intéresse pas !

La déception passée, elles ont cherché des explications :

— Peut-être qu'ils n'aiment pas ma jupe ? Pourtant, c'est une Waf-Waf !

— Peut-être qu'ils n'aiment pas ma coiffure ? Pourtant, c'est la même que celle de miss Galaxie !

— Peut-être qu'ils n'aiment pas mon nouveau parfum, *Eau de Rose* ? Pourtant, Maori Cannell ne porte que ça !

Aucune n'avait la bonne explication. En réalité, les garçons étaient juste timides. Ils n'osaient pas aborder les filles : elles les impressionnaient trop ! Et les filles n'osaient pas aborder les garçons : elles croyaient qu'elles ne les intéressaient pas. En fait, les garçons étaient très intéressés par les filles, et réciproquement. Seulement, comme ils ne se connaissaient pas, ils ne se comprenaient pas.

Le vaisseau allait repartir quand je me suis réveillée. Quel étrange rêve ! Et comme la vie serait simple et stupide si nous étions comme les Saturniennes et les Jupitériens : des filles standardisées face à des garçons tous construits sur le même modèle !

Heureusement, nous les Terriens, nous sommes plus complexes : une espèce de mélange des caractéristiques jupitériennes et saturniennes. Mon rêve fou n'est donc pas un rêve inutile, il me parle de la féminité et de la masculinité, celles qui couvent en nous, qui font de nous des filles et des garçons, et qui semblent bien provenir de Saturne et de Jupiter.

Message reçu !

Maintenant, pour mieux connaître les filles et les garçons terriens, ainsi que les ingrédients qui les composent, regardons vivre les habitants de Saturne et de Jupiter, nous en apprendrons beaucoup sur nous-même.

I

À la découverte de Jupiter et de Saturne en chacun de nous

DÉTAIL PRATIQUE : Les habitants de Jupiter seront appelés « Jupitériens » ; les habitantes de Saturne, « Saturniennes ». Les Jupitériens parlent le jupitérien ; les Saturniennes, le saturnien.

Nous, les Terriens, garçons et filles, avons bien des points communs avec eux. À quelques différences près : un vrai garçon est un mélange de Jupiter et de Saturne, une vraie fille également. Seul le dosage varie.

Rares sont les Terriens, garçons et filles, qui seraient de pures copies des Jupitériens et des Saturniennes. En fait, ce qui rend un Terrien agréable à vivre, c'est la part de Jupitérien qu'on trouve dans toute Saturnienne et la part de Saturnienne qu'on trouve chez tout Jupitérien.

De quel mystérieux recoin de la galaxie viennent les Jupitériens ? Comment se déroule leur vie ? Pour le savoir, nous avons envoyé une sonde intergalactique chez Jordan. Elle a ramené les informations suivantes.

★ 1 ★

Découvrir le Jupitérien chez lui

Nous entrons d'abord dans **la cuisine**. Coup de chance, Jordan est justement en train d'y « prendre des forces ».

REMARQUE : Un Jupitérien ne mange pas, il **prend des forces**.

Jordan va bientôt partir faire du vélo cosmique avec ses copains. Il ingurgite donc tout ce qui lui tombe sous la main, afin d'**être en forme**. Hélas, il entame à peine son quinzième sandwich quand son père surgit dans la pièce en hurlant :

— Vas-y ! Ne te gêne surtout pas ! Vide aussi les placards, maintenant que tu as nettoyé le frigo !

La mère accourt, alertée par les hurlements :

— Voyons, Jean, mon chéri ! Jordan est en pleine croissance : il a besoin de **prendre des forces**.

REMARQUE : Comme la plupart des mères de Jupitériens, la maman de Jordan prend presque toujours le parti de son fils. Ça part d'un bon sentiment, mais c'est souvent **très gênant**. Devant ses copains, par exemple, ou quand il est avec une Saturnienne, Jordan trouve que sa mère a une fâcheuse tendance à **en faire trop**.

Après la cuisine, nous passons au **salon**. Avant de partir en cyberbalade, Jordan s'est avachi sur le canapé pour digérer. Ce n'est pas la peine d'essayer de s'asseoir à côté de lui : il prend *toute* la place disponible.

Jordan regarde un match de cyberfootball. Sa mère entre dans le salon.

— Mon chéri, j'ai quelque chose à t'annoncer, déclare-t-elle.

Jordan ne répond pas : l'arbitre vient de siffler un cyberpenalty mérité (un cyberpenalty est justifié quand il est sifflé en faveur de l'équipe préférée de Jordan, l'Olympique Mars). Le cyberattaquant de l'OM s'approche du cyberballon pour se préparer.

— Tu vas avoir un petit frère, continue la maman de Jordan.

Mais la cybertélévision crie plus fort qu'elle : « Il s'approche du cuir... Il l'embrasse... Silence de mort dans les tribunes... Le joueur se concentre... Prend son élan... et... »

— WOUAH ! Buuuuuuuut pour l'Olympique Jupiter ! huuuuuuuurle Jordan en se jetant sur sa mère pour l'embrasser. On a marqué ! On est en finale !

Et il se rassoit devant la cybertélévision, les larmes aux yeux. Sa mère sort de la pièce sans ajouter un mot.

CONSEIL PRATIQUE : Ne jamais parler à un Jupitérien quand il regarde un match de cyberfootball. Ça ne sert à rien.

REMARQUE : Le sport est très important pour un Jupitérien. Il lui permet de **ne pas réfléchir** (il déteste ça). Pour y parvenir, il a absolument besoin de **bouger**. Le sport est le moyen de bouger le plus répandu chez les Jupitériens.

Après la cuisine et le salon, nous entrons dans **la chambre**. C'est courageux de notre part, car la chambre est (en principe) un **espace réservé** exclusivement au Jupitérien qui dort dedans. Aussi ne tient-il absolument pas compte des conseils de sa mère, du genre : « Tu devrais ranger ta chambre et passer l'aspirateur, mon chéri. »

Par précaution, le Jupitérien laisse fréquemment sur sa porte un sens interdit, sous lequel est écrit :

PROPRIÉTÉ TRÈS PRIVÉE
DÉFENSE ABSOLUE D'ENTRER

Et même parfois :

ATTENTION ! PIÈCE PROTÉGÉE PAR
ALARME ET VIDÉO-SURVEILLANCE !

Jusque-là, la chambre d'un Jupitérien et celle d'une Saturnienne ne sont pas très différentes. Néanmoins, on peut les distinguer facilement : il suffit de s'intéresser au décor. Les murs d'un Jupitérien sont envahis de posters gigantesques de ses idoles, souvent des cybersportifs ou des cyberchanteurs. Des maquettes de vaisseaux spatiaux peuvent aussi être exposées, ainsi que quelques photos de très jolies créatures de sexe féminin – mais le Jupitérien hésite souvent à les afficher, au cas où quelqu'un entrerait dans *sa* chambre et ferait une réflexion déplacée.

Autre caractéristique d'une chambre jupitérienne : **les collections**. Le Jupitérien est, par nature, un grand collectionneur. Il collectionne **de tout** : des fossiles, des pierres « intéressantes », de « jolis » objets, des cactus morts, des chaussettes sales, des pièces de monnaie...

Si une Saturnienne est invitée dans sa chambre, il lui est fortement conseillé de trouver tout ce qu'elle voit « génial ». Sinon, elle pourrait ne jamais y revenir, voire, dans les cas graves (*très* graves, heureusement rares), ne jamais en ressortir.

euh... j'adore ta chambre...

CONSEIL PRATIQUE : Ne pas employer de façon systématique le mot génial » pour s'extasier devant un Jupitérien. Il vaut mieux varier les plaisirs. On pourra utiliser l'une ou l'autre des expressions suivantes (mais pas toutes au cours d'une même visite, ça finirait par être suspect) :

- Géant !
- Trop fort !
- Je kiffe à mort !
- C'est mégacool !
- Alors là, je suis scotchée !
- Carrément dément !
- Ça assure grave !
- Wouah !
- J'y crois pas comment ça arrache !
- Ma parole, plus mortel que ça, y a pas !

En revanche, on évitera les expressions comme : « c'est chou », « c'est mignon tout plein », « ça me fait craquer », « je veux le même ! » et « où est-ce que tu l'as acheté ? », trop typiquement saturniennes.

REMARQUE : Exprimer tout haut son admiration pour la chambre du Jupitérien, c'est aussi une manière d'exprimer son admiration pour le Jupitérien lui-même... sans (trop) le faire rougir !

À NOTER : Les garçons terriens sont beaucoup plus jupitériens que les filles. Mais qui oserait n'être *que* jupitérien ? Ce serait une caricature.

★ 2 ★

Découvrir le Jupitérien chez les autres

Un Jupitérien ne se comporte **pas de la même façon** chez lui et chez les autres.

Chez lui	Chez les autres
Non, je ne débarrasserai pas la table. J'en ai ras le bol : c'est toujours sur moi que ça tombe ! En plus, je l'ai déjà fait la semaine dernière ; et, ce soir, je suis crevé. Non, je ne peux pas aller me coucher tout de suite, mon émission préférée va commencer à la télé...	Puis-je vous aider à débarrasser la table, madame ? Non, ça ne me dérange pas du tout ! J'ai l'habitude, vous savez. Et puis, votre repas était tellement bon ! Il faudra que vous me donniez la recette de ces délicieux potirons farcis aux choux-fleurs : c'était exquis.
Moi, te lire une histoire sous prétexte que tu es ma petite sœur ? Tu trippes complètement ! Tu ne veux pas non plus que je joue à la dînette avec toi ?	Oh ! quelle adorable fifille ! C'est ta sœur ? Moi aussi, j'ai une petite sœur. Elle m'adore. Il faut dire que je lui lis des histoires dès qu'elle me le réclame, et que je joue volontiers avec elle.

Maman, Sac-à-Puces a encore fait pipi sur le canapé ! Va-t-en, espèce d'horreur : tu sens mauvais, tu es bête et tu me fais honte ! Non ! Ne compte pas sur moi pour te promener !	Oh ! quel adorable petit chien ! Il est à toi ? Moi aussi, j'ai un chien. Il m'adore. Il faut dire que je l'emmène promener dès qu'il me le réclame, et que je joue volontiers avec lui.

Chez lui, le Jupitérien se repose et se moque de ce que ses proches peuvent penser de lui. Il est plutôt gentil avec eux, la plupart du temps, mais il ne faut pas pousser. D'autant qu'il sait que, de toute manière, ils doivent l'accepter tel qu'il est : ses sautes d'humeur font partie de son charme (*dixit* sa maman).

Chez les autres, et notamment chez les Saturniennes, il se soucie beaucoup plus de ce qu'on pense de lui. Il essaie en permanence d'être souriant, serviable, bien élevé et prévenant. Ce qui cause parfois un choc à sa Saturnienne préférée quand elle le découvre « au naturel », refusant d'aider à la vaisselle, de sortir le chien et de s'occuper de sa petite sœur.

★ 3 ★

Découvrir Saturne

Après son expédition riche d'enseignements sur Jupiter, la sonde spatiale a été envoyée sur Saturne. Voici le compte rendu du voyage.

16 heures, Temps universel. La jeune Saturnienne est repérée au **salon**, face à la cybertélévision. Elle regarde une cybersitcom où il est question d'Ashley qui aime Shirley qui aime Brandon qui aime Cindy qui aime Stevie qui n'aime personne. Séverine, la meilleure amie de la Saturnienne, l'appelle au téléphone au moment où Brandon se demande si Stevie, en fait, ne serait pas amoureux de Cindy, ce qui le rend fou de rage. La Saturnienne répond à Séverine qu'elle la rappellera plus tard.

17 h 05, Temps universel. La Saturnienne s'est levée puis est sortie du salon. Elle est entrée dans une pièce et a fermé la porte à double tour. Elle est probablement dans **la salle de bains**. On jette un œil par la serrure.

Vision d'horreur ! La Saturnienne semble collée au miroir ! Elle ne peut pas s'en détacher ! De la vapeur s'échappe de la baignoire, mais elle ne se décourage pas pour autant : elle minaude, elle essuie la buée ; elle sourit, elle essuie ; elle grimace, elle essuie ; et ainsi de suite.

18 h 10, Temps universel. À regret, la Saturnienne s'éloigne du miroir en lui envoyant un baiser, et elle se dirige vers la baignoire.

20 h 15, Temps universel. La Saturnienne sort de la baignoire.

21 h 20, Temps universel. La Saturnienne sort de la salle de bains, une serviette autour des cheveux. Direction **la chambre**. Visiblement, la Saturnienne est extrêmement intéressée par tout ce qui se rapporte à Jupiter : de très nombreuses photos de Jupitériens sont affichées aux murs. Des magazines jonchent le sol de sa chambre. À noter aussi, une marée de petits pots et de flacons répandue sur son bureau. Parmi eux, une « crème adoucissante pour hydrater la peau (spécial épidermes semi-secs) », une « lotion restructurante aux extraits de goyave broyés à la main », une « pommade tonifiante pour revitaliser le visage, tonifier le teint et éviter l'apparition des ridules », ainsi qu'un « déodorant écologique et solidaire, à l'efficacité unique *testée en laboratoire* ».

REMARQUE : La Saturnienne inspectée par la sonde est la plus malheureuse de la galaxie. En effet, dans sa chambre, il n'y a pas de téléphone. Ce qui pose au moins deux problèmes.

Premier problème : chaque fois qu'elle veut appeler Sarah, une autre meilleure amie (qui, elle, a le téléphone dans sa chambre), la Saturnienne est obligée de demander l'autorisation et, dans ces circonstances, l'expression préférée d'un père saturnien est :

— Tu es *sûre* que ça ne peut pas attendre demain ?

Et quand il est en forme, il peut même ajouter :

— Vous venez de vous quitter il y a deux minutes, non ?

Second problème : elle ne peut rien raconter de personnel, car dès qu'elle décroche le téléphone, sa mère décide de faire le ménage autour du combiné. Dans ces circonstances, l'expression préférée d'une mère saturnienne est :

— Surtout, ne te dérange pas, ma chérie ! Fais comme si je n'étais pas là, je n'écoute pas.

La Saturnienne apprend très vite qu'il ne faut surtout pas faire comme si sa mère n'était pas là quand elle est là. Elle attend donc son anniversaire avec impatience : elle a demandé un téléphone portable en cadeau.

DÉTAIL PRATIQUE : La Saturnienne a souvent besoin de parler avec ses amies à l'école *et* en dehors de l'école. C'est pourquoi elle les invite à dormir chez elle pour discuter.

Le Jupitérien a beaucoup moins besoin de parler. S'il invite ses amis à dormir chez lui, c'est donc pour dormir. Logique, non ?

Je connais beaucoup de filles terriennes qui ressemblent énormément à cette Saturnienne.

Vous aussi ?

Mais la plupart sont moins caricaturales, n'est-ce pas ?

★ 4 ★

Comprendre le saturnien

Qu'est-ce que le saturnien ?

Le saturnien est la langue très spéciale qu'utilisent les Saturniennes. Les mots ressemblent à ceux qu'utilisent les Jupitériens, mais ils ne sont pas employés de la même manière sur les deux planètes.

Les Saturniennes emploient le saturnien pour **parler**. Elles l'utilisent beaucoup, car elles parlent beaucoup. Elles discutent de la pluie et du beau temps, de leurs parents et des Jupitériens, des boutons d'acné et des lunettes de leur voisine de classe, etc. Après s'être écoutées, elles utilisent le saturnien pour **se conseiller** mutuellement. Elles n'hésitent pas à demander l'avis des autres Saturniennes pour le moindre petit problème, par exemple pour savoir si elles devraient plutôt mettre des chaussettes bleu clair ou bleu marine : sur leur planète, ce genre de question est à la fois courante et importante.

Il arrive aussi que les Saturniennes utilisent le saturnien pour **reconnaître qu'elles ont commis des erreurs**, ce qui prouve qu'elles sont HUMAINES. Souvent, elles commencent par là (« Oh là là, si tu savais la bourde que j'ai faite ! »). Puis elles piquent un fou rire et ont du mal à continuer leur histoire. Ces simagrées énervent beaucoup le Jupitérien quand il a la malchance d'y assister.

Un dialogue en saturnien : « Sonia a du chagrin »

SARAH

Salut, Sonia ! ça va ?

SONIA

Euh... moyen.

SARAH

Qu'est-ce qui se passe ?

SONIA, *éclatant en sanglots.*

Oh, Sarah, tu ne devineras jamais ce qu'*il* a dit !

SARAH, *prenant la main de son amie et la tapotant.*

Non...

SONIA

Il a traité mon chien de sac à puces !

SARAH

Non ?

SONIA

Si, je te jure !

SARAH

Quel grossier personnage ! Qu'est-ce que tu lui as répondu ?

SONIA

Alors là, je ne me suis pas gênée pour le traiter de sans-cœur, vu que je suis bien placée pour savoir que mon chien a des défauts, mais bon, ça n'a aucune importance parce que je l'aime, et quand on aime quelqu'un, on le prend comme il est, avec ses défauts et ses qualités. Et j'ai ajouté qu'il devrait avoir honte de dire des choses comme ça !

SARAH

Bien envoyé ! Et lui, qu'est-ce qu'il t'a répondu ?

SONIA

Rien ! Rien ! Rien ! Il a continué à taper dans un caillou en criant : « CyberRonaldinho seul face à CyberBarthez, CyberRonaldinho tente le petit pont, et ça passe ! »

SARAH

C'est dingue ! Comment tu as réagi ?

SONIA

Je lui ai dit qu'il pourrait au moins demander pardon.

SARAH

Et alors ?

SONIA

Alors il a dit : « 'Ardon[1]. »

SARAH

Et alors ?

SONIA

Alors je lui ai dit que 'ardon, c'était un peu léger.

SARAH

Tu as bien fait.

SONIA

Mais, à ce moment, il a regardé sa montre et il a dit : « Oh, il faut que je file. » Et il a filé. Je me suis dit que j'avais fait l'erreur de ma vie, vu que je l'aime toujours, mais quand même, il a insulté Rex, et Rex, tu sais, je l'aime aussi, sauf que, à cause de lui, je me suis

1. « Pardon » en jupitérien.

engueulée avec Jules, alors je ne l'aime plus, Rex, et pourtant je... Oh, c'est tellement compliqué, Sarah !

SARAH, *serrant son amie contre elle.*

Sonia, Sonia, calme-toi... Je sais ce que tu ressens, je suis passée par là, moi aussi... Ne t'inquiète pas, Jules t'aime, c'est évident...

SONIA, *levant son visage plein de larmes.*

Tu le crois vraiment ou tu dis ça pour me faire plaisir ?

SARAH

Mais bien sûr que je le crois ! Tu me prends pour une menteuse ou quoi ? Vous avez juste besoin de temps pour mieux vous connaître.

SONIA

Ça fait déjà trois semaines qu'on sort ensemble, tu te rends compte, et il trouve encore que mon chien est... que mon chien est...

SARAH

Allons, allons, Sonia... Dans quelque temps, Jules apprendra à apprécier Rex, et il ne dira plus de choses comme ça. En attendant, on pourrait aller voir si la nouvelle collection Froufrou est arrivée, qu'est-ce que tu en penses ?

SONIA, *essuyant ses larmes et cherchant frénétiquement un mouchoir.*

Oh, oui ! Bonne idée ! Toi, tu es vraiment une amie, Sarah...

Ce bref dialogue témoigne non seulement des spécificités des échanges saturniens, mais aussi des différences de comportements entre Saturniennes et Jupitériens qui entraînent quelques petits malentendus.

★ 5 ★

Comprendre le jupitérien

À quoi sert le jupitérien ?

À pas grand-chose. En effet, quand les Jupitériens ont un problème, ils n'en parlent surtout pas aux autres : ils essaient de le résoudre tout seuls dans leur coin. Ils n'utilisent donc pas la langue en vigueur sur leur planète pour parler à leurs amis de leurs chagrins ou de leurs émotions. C'est plus prudent : ainsi, ils ne risquent pas de se faire traiter de « Saturnettes », insulte suprême réservée aux Jupitériens trop bavards.

Un dialogue en jupitérien : « Et si on jouait au foot ? »

JONATHAN

Wouah, Jules !

JULES

Ah, c'est toi, mec !

JONATHAN

Ouais. Tranquille ?

JULES

Ça va. Toi ?

JONATHAN

Tranquille aussi. Sonia ?

JULES

Tranquille.

JONATHAN

Cool. (*Ricanant un peu :*) Tu dois pas t'ennuyer, avec elle !

JULES

Ça va. Un p'tit foot, ça te dit ?

JONATHAN

D'ac'.

JULES

Justin nous rejoint avec son pote.

JONATHAN

Cool.

JULES

Ouais.

JONATHAN

Bon, on y va ?

REMARQUE : Saturniennes, méfiez-vous des apparences ! Les « Jupitériens » sont humains ; ils ont donc des sentiments (si, si). Aussi une

Saturnienne ne doit-elle pas s'offusquer si son Jupitérien préféré ne répond pas à des questions du genre :

— Tu as l'air triste, Jordan (ou Jacques, ou Jonathan, ou Johnny, etc.)... Dis-moi ce qui se passe, je t'en prie !

Il ne faut **pas insister**. Poussé dans ses retranchements, il finira par lâcher d'une voix excédée :

— Mais rien ! Tout va bien !

Cette phrase est un **très mauvais signe**. Elle montre que la discussion a de fortes chances d'être terminée, car le Jupitérien est énervé. Il est énervé parce que la Saturnienne n'a pas compris qu'il ne voulait pas parler ; et il est énervé parce qu'elle a remarqué qu'il avait des sentiments, ce qui, à ses yeux de Jupitérien, est une faiblesse.

NOTRE CONSEIL : Après ce faux pas, mieux vaut **changer de sujet** ou garder le silence. Dans tous les cas, éviter les « Oh, excuse-moi, je ne voulais pas te blesser, je pensais juste que tu préférerais en parler... ». Le Jupitérien pourrait très bien décider de ne plus revoir une Saturnienne aussi bête : elle n'a donc pas compris que *tout va bien* ?

Et sur Terre, c'est différent ?

Parfois nos garçons terriens ressemblent un peu trop aux Jupitériens...

★ *6* ★

Comment parler à un extraterrestre

Incroyable mais vrai : Saturniennes et Jupitériens peuvent communiquer ! Cependant, attention : les mots n'ont pas forcément la même signification pour les Saturniennes et pour les Jupitériens.

Trois principes de base du Jupitérien

1. Un Jupitérien préfère toujours *se taire* plutôt que parler.

2. Quand il est obligé de réagir, il préfère *faire* quelque chose plutôt que parler.

3. Quand il est vraiment obligé de *dire* quelque chose, il ne faut pas en profiter pour essayer de relancer la conversation – « Mais qu'est-ce que tu veux dire exactement par là ? » serait mal venu, par exemple.

REMARQUE : Ne jamais prendre les Jupitériens pour des Saturniennes. Leur patience et leurs centres d'intérêt sont très différents.

Dialogue commenté : « Sonia est inquiète »

Vous allez lire un dialogue entre une Saturnienne, Sonia, et un Jupitérien, Jules. Visiblement, Sonia ne parle pas bien le jupitérien. Nous avons donc relevé chacune de ses erreurs en les accompagnant d'un numéro. À chaque fois, essayez de comprendre le problème, puis reportez-vous aux commentaires après le dialogue.

SONIA

Jules, je peux te parler ?

JULES

Ben, oui... C'est ce que tu es en train de faire, non ?

SONIA

Jules **(1)**, je n'ai vraiment pas envie de rire **(2)**.

JULES

À propos, tu connais l'histoire du pois chiche

qui monte dans l'autobus (**3**) ? Elle est excellente !

SONIA

Jules (**1**) ! Tu m'écoutes quand je te parle ?

JULES

Oui.

SONIA

J'ai l'impression que tu ne fais plus attention à moi et que... (*Elle éclate en sanglots.*)

JULES

Oh, ne pleure pas ! Je déteste ça. Tiens, prends mon mouchoir.

SONIA

Berk ! Il est dégueulasse (**4**) !

JULES, *rangeant son mouchoir et haussant les épaules.*

Comme tu veux.

SONIA

Ah ! Tu vois ! Ça t'est complètement égal que je souffre (**5**) !

JULES

Bon, j'ai compris. (*Il se lève et part.*) Dès que tu t'es calmée, tu me rappelles, d'accord ?

(1) Ne pas répéter le prénom du Jupitérien. Il a compris dès le début que c'est à lui qu'on parle. **Leçon numéro un** : ne jamais prendre le Jupitérien pour un imbécile, en tout cas pas ouvertement.

(2) Erreur fatale ! Un Jupitérien croit que la seule manière de séduire les Saturniennes, c'est de les faire rire. **Leçon numéro deux** : ne jamais dire à un Jupitérien qu'il n'est pas drôle, sauf quand on ne veut plus sortir avec lui.

(3) Ah ! Qu'est-ce que je vous avais dit ?

(4) Sonia aggrave son cas : le Jupitérien était ravi d'avoir trouvé une solution concrète à son problème. **Leçon numéro trois** : pour dire non à un Jupitérien, commencer sa phrase par : « Merci beaucoup, mais... » plutôt que par « Berk, c'est dégueulasse ».

(5) Sonia essaie d'enfoncer Jules au lieu de l'aider. **Leçon numéro quatre** : il ne faut pas exagérer.

Trois « trucs » de base pour comprendre son extraterrestre préféré(e)

1. Les Jupitériens doivent comprendre qu'**une Saturnienne qui parle est une Saturnienne à moitié comblée**. Pour qu'elle soit tout à fait heureuse, elle veut être écoutée, et c'est là que le Jupitérien intervient. Par de petits grognements ou de brèves exclamations (« Ah ! », « Ah bon ? », « Non ! », « Incroyable ! »), il peut montrer qu'il est très intéressé par ce que lui raconte la Saturnienne, même si, en réalité, il ne l'est pas du tout.

2. Les Saturniennes doivent comprendre qu'**un Jupitérien n'aime pas écouter de longs discours**. Ce n'est pas qu'il n'aime pas la Saturnienne : simplement, il est *différent* d'elle. Si elle a très envie de raconter sa dernière visite au magasin Froufrou par le menu, il vaut mieux qu'elle prenne rendez-vous avec sa meilleure amie saturnienne.

3. Les Jupitériens et les Saturniennes doivent **se sourire**, notamment quand ils n'ont rien à se dire. D'ordinaire, un Jupitérien qui ne dit rien préfère *faire* quelque chose ; alors qu'une Saturnienne qui a épuisé son sujet de conversation (et son interlocuteur) *continue de parler*. Ce sont deux activités qui ne vont pas ensemble. La prochaine fois que vous, Jupitérien, vous retrouvez avec votre Saturnienne préférée et vous, Saturnienne, vous retrouvez avec votre Jupitérien préféré, ne faites rien, ne dites rien, SOURIEZ !

Le sourire est u-ni-ver-sel !

Bons et mauvais moments pour se parler

Bons moments pour parler à un Jupitérien	**Bons moments pour parler à une Saturnienne**
Quand il vient de réussir quelque chose. Par exemple, quand il vient de gagner un match, de réaliser enfin la figure de skate qu'il répète depuis un an, ou de toucher son nez avec sa langue. Il est alors de bonne humeur ; il faut en profiter.	Tout le temps, dès qu'on emploie la formule magique : « Est-ce que je peux te parler ? Il faut absolument que je me confie à quelqu'un et tu es la personne la mieux placée pour ça. » (Mais ne rêvons pas, il est rare qu'un Jupitérien prononce ce genre de phrase.)
Quand il est seul, sans ses copains pour rigoler très fort de lui et de sa Saturnienne préférée.	Quand elle n'est pas avec sa meilleure amie : sinon, le Jupitérien sait que la meilleure amie commentera chacun de ses mots dès qu'il aura tourné le dos, et ça le gêne.

Mauvais moments pour parler à un Jupitérien	**Mauvais moments pour parler à une Saturnienne**
Quand il vient de se réveiller (c'est-à-dire, au minimum, pendant l'heure et demie qui suit son réveil), surtout quand il n'a pas encore pris son petit déjeuner.	Quand elle vient de retrouver sa meilleure amie qu'elle n'avait pas vue depuis deux minutes. Quand elle est occupée à dire du mal des autres avec sa meilleure amie.

Quand il regarde la cyber-télévision, surtout un match de cyberfootball (c'est un **très mauvais** moment). Quand il joue à l'ordinateur. Quand il essaie de penser (remarquer le pli de concentration entre ses sourcils). Quand il est fatigué. Quand il vient de rater quelque chose.	Quand elle a le fou rire. Il n'y a rien à en tirer, et le Jupitérien ne *peut pas* comprendre.

CONCLUSION : Trouver un bon moment pour parler au Jupitérien est difficile.

Apprenez à parler le saturnien et le jupitérien !

Voici quelques expressions typiques de chaque planète, et leur traduction.

Ce que disent les Saturniennes	Ce qu'elles veulent dire
Je suis horrible ce matin.	Dis-moi que je suis belle.
Bouh ! Je déteste les garçons !	Je suis amoureuse d'un garçon et je n'ose pas le lui dire.
Tu ne remarques rien ?	Quel imbécile ! Il n'a même pas remarqué que j'ai mis du vernis à ongles rose pâle !
À quoi tu penses ?	Ne reste pas là assis sans rien dire !

À quoi tu penses ?	Demande-moi à quoi je pense.
À quoi tu penses ?	Est-ce que tu penses à moi ?
Qu'est-ce que tu regardes ?	Est-ce qu'il aurait repéré la supernana au fond du fast-food ?
Pour moi, le plus important, c'est qu'on soit bien ensemble.	Embrasse-moi, idiot !
Qu'est-ce qui ne va pas ?	Dis-moi ce qui ne va pas : j'ai tellement besoin que l'on ait besoin de moi !
Je t'ennuie, c'est ça ?	Je t'ennuie, c'est ça ?

Ce que disent les Jupitériens	**Ce qu'ils veulent dire**
Sonia ? Ouais, elle est pas mal...	Sonia ? Mais c'est une bombe, mon pote !
On s'entend bien, toi et moi, tu ne trouves pas ?	Tu veux sortir avec moi ?
Qu'est-ce que tu crois qu'on fait, avec Sonia, ah ah ah ? Laisse tomber, bébé : avec ton crâne de piaf, tu peux même pas imaginer !	Est-ce que c'est normal que je n'aie pas encore fait l'amour avec Sonia ?
Mais qu'est-ce que tu racontes ?	Attention : tu viens de dire quelque chose qui m'a déplu. Si tu insistes, je vais m'énerver.
Un foot, ça vous branche ?	On ne va quand même pas passer l'après-midi à discuter ?

À quoi tu penses ?	Ça fait deux minutes que je n'ai rien dit. Si ça continue, elle va se vexer.
Qu'est-ce qu'il y a ?	Tu es pénible, franchement !
Tu as vu le nouveau R 435 à percuteur inversé qui équipe la B652XF25 ? C'est l'hallu totale !	Tu as vu le nouveau R 435 à percuteur inversé qui équipe la B652XF25 ? C'est l'hallu totale !

II

Quand Jupiter rencontre Saturne (et réciproquement)

Depuis toujours, Saturniennes et Jupitériens se tournent autour sans se voir. Jusqu'au jour où ils se découvrent. Ce jour-là, c'est sûr, leur vie va changer...

★ 7 ★

Quand une Saturnienne rencontre un Jupitérien...

Quand une Saturnienne rencontre un Jupitérien, elle se met à faire très attention à son apparence. Tout lui semble vital : ses vêtements, ses boucles d'oreilles, sa coiffure et, surtout, son maquillage. Elle est persuadée, par exemple, que si elle ne se met pas de l'ombre à paupières, tous les Jupitériens se moqueront d'elle ou (pire !) ne remarqueront pas qu'elle existe. S'épiler les sourcils devient une obsession. Jusqu'alors, la pince à épiler était un instrument de torture qui servait à enlever les échardes ; désormais, c'est un instrument de survie indispensable. Cet outil ne quitte plus la Saturnienne, au cas où – horreur ! – un sourcil rebelle tenterait un odieux sabotage.

DÉTAIL PRATIQUE : La capacité d'observation d'un Jupitérien est environ deux mille fois plus faible que celle d'une Saturnienne. Même si une Saturnienne rousse se teint les cheveux en bleu, il n'est pas certain que son Jupitérien préféré s'apercevra de la différence.

PRÉCISION : Quand une Saturnienne rencontre un Jupitérien, elle ne se soucie pas *seulement* de son apparence : elle fait aussi très attention à ce qu'elle dit. Malheureusement, il lui arrive de déraper. Par exemple, elle pourra s'avancer vers un Jupitérien et lancer :

— Salut, je... je... euh... Oh, non ! euh... Je voulais juste dire : salut !

Parfois, au contraire, son émotion est telle qu'elle ne peut plus s'arrêter de parler (même si elle se rend compte qu'elle devient *pénible*). Ce qui donne :

— Salut, je m'appelle Sophie, comme dans *Les Malheurs de Sophie* mais aussi comme dans Sophie Fonfec, ha-ha. Sophie Fonfec, saucisson sec, tu vois le jeu de mots ? Au fait, tu aimes le saucisson sec ? Excuse-moi, je dis des bêtises : tout le monde aime le saucisson sec. Sauf ceux qui n'en mangent pas. Et encore. On peut très bien ne pas manger quelque chose et l'aimer. Et inversement : on peut très bien aimer quelque chose et ne pas en manger. Tu ne crois pas ?

Certaines fois, sa parole peut même sembler carrément incohérente. Exemple :

— Tu t'appelles Joe ? Génial ! J'ai un oncle qui s'appelle Joe. Il élève des tortues de course, je veux dire des tortues, enfin, des pigeons, c'est ça, des chèvres. Tu penses que je suis folle ?

En général, le Jupitérien a peu de chances de trouver une réponse appropriée.

Parfois aussi, la Saturnienne trouve ce qu'elle dit tellement BÊTE qu'elle préfère ne pas écouter la réponse du Jupitérien. Par exemple :

SOPHIE

Tu viens souvent, ici ? (*Elle se mord les lèvres en pensant : « C'est nul, comme question ! »*)

JORDAN

Non. Mais quelque chose me dit que ça va changer...

Jordan a *bien* répondu. Malheureusement, Sophie ne l'a pas écouté. Elle est allée se cacher au milieu des autres filles qui ricanent. Elle restera là pendant une petite demi-heure, puis elle demandera à sa meilleure amie si elle peut la raccompagner chez elle :

— Je ne me sens pas très bien, dira-t-elle.

Sous-entendu : « Demande-moi pourquoi je ne me sens pas très bien. »

REMARQUES : Chère Saturnienne, inutile de paniquer ! Le Jupitérien est probablement aussi nerveux que vous. Il n'est pas en état de critiquer ce que vous dites : il s'imagine que *vous* pensez que ce qu'*il* dit est stupide !

À noter également : quand une Saturnienne rencontre un Jupitérien qui lui plaît, elle a tendance à beaucoup sourire. Attention : même si le Jupitérien ne le montre pas, il adore ça !

★ 8 ★

Quand un Jupitérien rencontre une Saturnienne...

Quand un Jupitérien rencontre une Saturnienne et qu'il est avec sa bande de copains, ceux-ci le harcèlent :

— Mais vas-y ! Qu'est-ce que tu attends pour lui parler ?

— Après la pâtée qu'on a mise au Sporting Club de Mars, ne me dis pas que cette meuf te fait peur !

— Chut ! souffle le Jupitérien.

Soudain, un de ses copains lance :

— Tu veux que j'aille lui parler pour toi ?

(Il ne le fera jamais, mais il est obligé de le proposer.)

— Non ! s'écrie le Jupitérien.

(« Ouf », pense son copain.)

Et, prenant son courage à deux mains, le Jupitérien s'avance vers la Saturnienne en se balançant d'un pied sur l'autre :

— Ouais, salut, alors moi c'est Joseph,

wouah ! tout le monde m'adore, j'aime autant te prévenir, et qu'est-ce que je voulais dire d'autre, ouais, j'ai déjà un groupe de fans, là-bas, ça te dirait d'en faire partie ?

Conseils pratiques : que faire dans ces cas-là ?

Bien comprendre la situation

Joseph veut à la fois impressionner ses potes (et être avec eux) *et* impressionner la Saturnienne (et être avec elle).

Bien comprendre la personnalité de Joseph

Visiblement, Joseph est un dragueur débutant, ce qui est touchant... même si, pour le moment, c'est plutôt gênant.

Bien réagir

L'idéal est de rétorquer sur le même ton :

— Salut, Joseph, moi, c'est Sylvia, je me serais volontiers jointe à vous, mais j'ai moi aussi un groupe de fans, là-bas, ça te dirait d'en faire partie ?

Si le Jupitérien a de l'humour, il se mettra à rire, et suivra Sylvia. Celle-ci a tout intérêt à ne pas se diriger vers ses fans mais, dans une fête, par exemple, vers les bouteilles les plus proches : avoir un verre plein dans les mains aide à meubler les silences et à masquer les temps morts d'une conversation débutante.

Si le Jupitérien n'a pas d'humour, laisser tomber.

★ 9 ★

Quand une Saturnienne rencontre un Jupitérien pour la première fois (et inversement)...

Conseils pratiques aux extraterrestres qui se rencontrent pour la première fois

Détendez-vous. Souriez. Tout va bien.

Chère Saturnienne, votre maquillage est parfait, et le bouton que vous avez sur le nez n'est pas si gros (dix contre un que le Jupitérien ne l'a pas remarqué). D'ailleurs, regardez attentivement le Jupitérien : lui aussi a des défauts (il a sûrement des boutons, comme vous, ou des sourcils trop fournis). Pensez que c'est mieux de ne pas être parfaite : un Jupitérien n'oserait jamais aborder un canon (la plupart du temps, il pensera qu'il ne l'intéressera pas).

Posez-vous mutuellement quelques questions ; mais pas d'interrogatoire ! Écoutez l'autre vous répondre. Après un long silence, vous vous remettrez peut-être tous les deux à parler en même temps. Pas de panique : ça arrive souvent – vous avez le droit d'en rire !

Avec un peu de chance, vous vous trouverez plein de centres d'intérêt communs. C'est bien, mais n'oubliez pas que les différences aussi sont intéressantes !

Cher Jupitérien, si la Saturnienne vous plaît, vous avez le droit de lui demander de sortir avec vous. L'inverse est vrai : Saturniennes, vous avez aussi le droit de demander aux Jupitériens de sortir avec vous !

Conseils pratiques à des extraterrestres qui voudraient sortir avec d'autres extraterrestres

Vous avez le droit de proposer à l'autre de sortir avec vous, mais pas de l'y obliger. Donc, ne dites jamais : « Il *faut* qu'on se revoie *demain*. Rendez-vous à dix-sept heures *précises* devant le cinéma. » Préférez des formulations plus douces, comme : « On peut se revoir, si tu veux. Ça te dirait de me retrouver demain, à dix-sept heures, devant le cinéma ? »

Laissez toujours la liberté à l'autre de dire oui (c'est préférable) ou non. Si, par malheur, la réponse est négative, vous pourrez toujours vous en sortir en vous écriant : « Tant pis, une autre fois, peut-être ? »

Comprendre son extraterrestre préféré(e)

Un jour, un Jupitérien a regardé Saturne et ses habitantes à l'aide d'un télescope géant. Elles lui ont semblé lointaines et « pas fastoches à piger », donc « pas intéressantes du tout ». Peut-être parce qu'il utilisait son télescope à l'envers... mais pas seulement. Saturne et ses habitantes sont effectivement difficiles à cerner pour un Jupitérien.

De même, les Saturniennes pensent que Jupiter est une planète « trop hyper compliquée » et « méga pas près » de Saturne. Et elles ont raison. Pourtant, rapidement, Jupiter va devenir leur principal centre d'intérêt ; de la même façon, Saturne va devenir le principal centre d'intérêt des Jupitériens. Souvent, c'est un petit détail qui entraîne ce déclic : une jolie Saturnienne qui aperçoit un merveilleux Jupitérien peut soudain avoir envie d'en savoir plus sur la planète « trop hyper compliquée » (et vice versa)...

Problème pratique : comment Jordan a découvert sa vocation d'astronome

Un jour, Jordan s'aperçoit que Salma, une jeune Saturnienne merveilleusement belle, n'arrête pas de le regarder. Hélas, quand il la regarde à son tour (ce qu'il fait souvent), elle détourne les yeux. Il en conclut qu'elle ne l'aime pas. A-t-il raison ?

Réfléchis par toi-même avant de lire la solution ci-dessous.

Solution

Salma regarde (presque) tout le temps le Jupitérien parce qu'elle le trouve « craquant ». **Jordan a raison** de penser qu'elle sortirait volontiers avec lui. MAIS :

Salma détourne le regard, car elle est gênée que Jordan se soit rendu compte de son petit manège. « Et s'il s'imaginait que je suis amoureuse de lui ? », se dit-elle. Évidemment, elle *est* amoureuse de lui. Cependant, ce qui l'intéresse, c'est de savoir si Jordan la trouve à son goût. Donc, **Jordan a tort** de croire qu'elle ne l'aime pas.

ATTENTION : Lui aussi peut émettre des signaux trompeurs, par exemple en détournant le regard à son tour.

Que doit faire Jordan ?

La bonne attitude consiste à s'approcher de Salma et à engager la conversation, en évitant certaines plaisanteries, comme :

— Hé ! Tu m'as regardé, non ? Alors, ce que tu as vu te plaît ?

Il vaut mieux s'en tenir à des classiques, du genre :

— Salut ! Sympa, l'ambiance, non ?

Ou bien encore, plus direct :

— J'adore ton sourire.

C'est alors à Salma de jouer. Si le Jupitérien lui plaît vraiment, elle se découvrira plein d'atomes crochus avec lui. Elle le trouvera « génial », « super intelligent », et encore plus beau en vrai que vu à travers un télescope. De son côté, le Jupitérien ressentira les mêmes émotions. Discrètement, il prendra la main de la Saturnienne... et tous deux se reporteront directement à la partie III (« Quand Jupiter a rendez-vous avec Saturne ») pour plus d'informations.

AVERTISSEMENT AUX SATURNIENNES : Un Jupitérien a besoin d'air et d'espace libre. Après une première rencontre, mieux vaut ne pas trop le « coller ». Le top serait de le laisser tranquille et d'attendre qu'il vous relance. Mais en serez-vous capable ?

CONSEIL PRATIQUE : Prudemment, mais sûrement.

Quand Jupiter découvre Saturne (et réciproquement), mieux vaut commencer doucement. Pourquoi ne pas se voir en toute amitié au début, puis aller « plus loin » si le cœur vous en dit ?

★ 10 ★

Quand une Saturnienne rencontre un Jupitérien pour la deuxième fois...

Bonne nouvelle ! Jérôme et Sophie se sont rencontrés lors de l'anniversaire de Jordan, et ils se sont plu tout de suite. Aujourd'hui, ils se voient pour la deuxième fois. Ils ont décidé de faire une « grande balade ». Le temps est magnifique et les oiseaux chantent (juste). Jérôme et Sophie parlent, parlent, parlent. Chaque minute est un émerveillement : ils partagent tant de centres d'intérêt ! Ils ont tant de points communs !

Sophie propose de s'asseoir, mais, à cet instant, Jérôme s'accroupit, les sourcils froncés :

— On dirait... Oui, ça m'en a tout l'air... C'est incroyable ! Tu as vu ? Des empreintes de mégatortue de Pluton ! Oh ! Il y a même des crottes encore chaudes ! On n'a qu'à suivre

Wouah! Des empreintes de mégatortue!
... et j'aperçois même ses crottes! C'est le plus beau jour de ma vie!

ces indices : j'ai toujours rêvé de voir une mégatortue de Pluton en vrai !

Sophie croise les bras : elle ne s'attendait pas à ce que sa promenade romantique tourne à l'expédition zoologique – c'est-à-dire au cauchemar !

— Qu'est-ce qui se passe ? s'étonne Jérôme. Tu n'aimes pas les mégatortues de Pluton ? Tu sais, ce sont des animaux inoffensifs et charmants, qui pondent leurs œufs en...

— Et moi ? Est-ce que tu me trouves charmante ?

— Hein ? Pourquoi tu demandes ça ? J'ai dit quelque chose qui t'a choquée ?

Sophie soupire :

— Non, non... Laisse tomber. On rentre ? Je suis un peu fatiguée...

Jérôme regarde avec amour les jolies petites crottes. L'occasion était si belle... Mais Jérôme est bien élevé. Il ne laissera pas Sophie rentrer toute seule. Il prend sa main, et les deux amis s'en reviennent chez eux. Le soleil s'est subitement voilé, et les oiseaux se sont tus. Comme Jérôme regrette sa chasse à la mégatortue, il ne remarque pas que la Saturnienne retient à grand-peine ses larmes, n'espérant plus qu'une chose : que sa meilleure amie soit chez elle quand elle l'appellera tout à l'heure. Elle seule saura la consoler !

Les erreurs de Sophie

Sophie a commis **plusieurs** erreurs, ce qui explique l'échec de son rendez-vous avec Jérôme.

- Un : elle n'a pas compris que les termes « grande balade » n'ont pas le même sens en jupitérien et en saturnien. Pour un habitant de Jupiter, une « grande balade » suppose de bonnes chaussures de marche, une tenue confortable pour marcher vite et longtemps, et un objectif à atteindre (il ne se promène jamais pour le plaisir). Pour une Saturnienne, une « grande balade » suppose de trouver un banc, un peu à l'écart des sentiers, où elle pourra discuter tranquillement (et même échanger des regards très, très tendres) avec son extraterrestre préféré.
- Deux : Sophie a cru que Jérôme était amoureux d'elle, alors que, visiblement, ce n'est pas le cas. La preuve : il peut prononcer des phrases entières.

REMARQUE : Sophie peut devenir l'amie de Jérôme, et non son amoureuse !

Trois principes pour devenir l'amie d'un extraterrestre

1. Il n'y a pas de honte à être amie avec un Jupitérien. Ce sont des extraterrestres comme les autres – enfin presque.

2. Il n'y a pas de honte à être « seulement » amie avec un Jupitérien. L'amitié, ce n'est pas moins bien que l'amour. C'est *différent*.

3. Le langage de l'amitié est le même dans toutes les galaxies, sauf sur la planète Zodd, où les Zoddiens doivent garder quatre pattes au sol tout en levant les six autres quand ils décident d'être amis avec vous.

Langage universel de l'amitié

- Souriez... mais n'en faites pas trop.
  Éventuellement, entraînez-vous devant un miroir (pensez à fermer la porte de la salle de bains pour éviter les ricanements des petits frères ou des grandes sœurs).
- Clignez de l'œil exagérément (vous pouvez grimacer).
  Grâce au clin d'œil, vous montrez que vous êtes amis. Et grâce à la grimace, vous soulignez que vous n'êtes *que* des amis.
- Ne dites pas : « Tu me trouves comment ? », mais : « Salut ! ça va ? »

Évitez les questions difficiles et les exclamations ridicules (« Jules ! Tu m'as tellement manqué ! »). Ou alors, allez-y carrément (« Juuuules ! Tu m'as tellllllllllement manqué ! Viens me faire un big bisou, viiiiiiiiiite ! »).

REMARQUE : Une amitié avec un extraterrestre suppose quatre conditions : **accepter** ses différences, les **respecter**, **partager** avec le Jupitérien (des émotions ou un jus d'orange, par exemple), et **faire attention** à lui (ne pas l'appeler *seulement* quand on doit préparer un exposé sur Jupiter le lendemain, il pensera qu'on est intéressée).

Conseils pratiques

Chère Saturnienne, ne confondez pas votre ami jupitérien avec Kleenexman, l'homme qui soulage les chagrins plus vite que votre meilleure amie. Vous pouvez éventuellement l'appeler une ou deux fois pour partager avec lui vos drames intimes ; par exemple, vous pouvez l'appeler une fois quand vous vous apercevez que votre grande sœur vous a volé vos chaussettes Mickey et qu'elle ne veut plus vous les rendre ; et vous pouvez l'appeler une autre fois quand votre père, ce tyran, vous interdit d'aller à la pizzéria avec vos amis parce que vous n'avez pas rangé votre chambre. Mais **n'abusez pas** de sa patience : votre meilleure amie vous comprendra mieux que lui.

Cher Jupitérien, la Saturnienne ne partage pas vos centres d'intérêt. Cependant, parfois, elle arrive à faire semblant de trouver que ce que vous racontez est « passionnant ». Regardez bien comment elle vous écoute parler du dernier match calamiteux de l'Inter de Vénus, et essayez de l'imiter la prochaine fois quand elle vous parlera de la merveilleuse tenue que portait sa cousine Sidonie au mariage de sa grand-tante Symphorienne.

Spécial Saturniennes : attention aux conseils d'amie

Un jour, Salma aperçoit dans son télescope un Jupitérien trop, trop beau.

— Wouah ! lâche-t-elle, sidérée. C'est un top model !

Soraya, sa meilleure amie, lui arrache le télescope des mains. Une grimace lui étire les lèvres.

— Tu trouves ? s'étonne-t-elle.

— Quoi ? s'écrie Salma. Tu es sûre qu'on parle du même ?

— Tu parles bien de l'espèce de cybersurfeur qui se la joue dans son vaisseau de gros beauf ?

— Ben... oui, mais je ne l'aurais pas décrit comme ça...

— Ne me dis pas que tu le trouves bien ! rétorque Soraya.

— En fait, je..., commence Salma.

— Non ! l'interrompt sa meilleure amie. Je t'en supplie, ne me dis pas que tu le trouves bien !

— Pourquoi ? Il est grand, beau, baraqué, décontracté...

— Redescends sur Saturne, Salma ! l'implore Soraya. Il a les yeux rapprochés, ce qui veut dire qu'il est méchant. D'ailleurs, Sabrina m'a dit que Samantha lui avait dit que, d'après Salomé, qui le tenait de Séraphine elle-même, Sandra aurait rencontré Sonia qui avait vu – tu sais ce qu'elle avait vu, Sonia ?

— Non..., avoue Salma.

— Elle avait vu cette espèce de taré découper une à une les vingt-neuf pattes d'une cyber-araignée à trois yeux.

— Oh ! C'est horrible !

— Alors, tu as encore envie de sortir avec ce genre de mec ? ricane Soraya.

PRÉCISION : Pour être vraiment objective, Soraya aurait peut-être dû expliquer qu'elle avait proposé à Jibé, le tortionnaire de cyber-araignées, de sortir avec elle. Hélas, il avait refusé. Jusque-là, elle aussi le trouvait mignon à croquer. Depuis, elle avait décidé de se venger.

CONCLUSION : Méfiez-vous des conseils d'amie !

★ 11 ★

Quand une Saturnienne rencontre un Jupitérien, en compagnie de sa meilleure amie...

Chère Saturnienne, si votre meilleure amie n'est pas jalouse de vous (ou de votre Merveilleux Extraterrestre Chéri), elle peut être **de bon conseil**. Ainsi, quand un jour Samia aperçoit Justin, elle s'écrie :

— Svetlana ! Regarde ! C'est lui ! Il est super, hein ? Regarde-moi son visage ! son sourire ! ses fesses – euh je veux dire son air intelligent ! Il est méga, tu ne trouves pas ? Attends... Je rêve ! Il m'a regardée ! Il m'a VUE ! J'hallucine ! Mais je suis tellement horrible, aujourd'hui ! Je suis habillée comme un sac ! Je suis grosse ! J'ai deux yeux – non, ça, ça va... Oh, non ! ça ne va pas : il s'en va ! Svetlana ! Fais quelque chose ! Je vais mourir ! D'ailleurs, ça commence ! Gasp ! Il me déteste ! Il me trouve moche ! Bouh !

Les trois premiers mots à utiliser en cas d'urgence

— On se calme !

Comment remonter le moral à sa meilleure amie

— Arrête ton cinéma, Samia ! Tu es super, ce soir, comme d'habitude. Il te trouve forcément hypermignonne ! Tu as vu son petit sourire, quand il t'a aperçue ? Ça veut dire qu'il est grave dingue de toi !

Les dix questions qu'une Saturnienne pose à sa meilleure amie dans ces circonstances

Chère meilleure amie de Saturnienne, préparez-vous à devoir répondre à ces questions du tac au tac !

- Tu sais s'il sort avec quelqu'un ?
- Tu penses que je pourrais lui demander son numéro de téléphone ?
- Tu crois qu'il a entendu parler du jour où je suis tombée de vélo devant toute la classe, quand j'étais en CE1 ?
- Il boit du Coca : qu'est-ce que ça veut dire ?

LA MEILLEURE AMIE DE LA SATURNIENNE

- Il est de quel signe, d'après toi ?
- Ce ne serait pas le grand frère de Sibylle ?
- Il danse vachement bien, tu ne trouves pas ?
- Je suis sûre qu'il est super fort au cyber-football, pas toi ?
- Tu ne voudrais pas aller lui parler *discrètement* ?
- Dis-moi sincèrement : à ton avis, j'ai une chance ?

Dix idées pour se débarrasser de sa meilleure amie

Les Saturniennes sont souvent les meilleures amies d'autres Saturniennes. Elles savent donc qu'elles peuvent être **utiles**, mais qu'il vient un moment où elles peuvent être « **lourdes** ». En effet, pour parler à son extraterrestre préféré, une Saturnienne doit être seule.

Voici dix idées pour se débarrasser (momentanément) de sa meilleure amie lorsque celle-ci oublie de se rendre compte qu'à présent elle *est* « lourde ». Il faut les employer avec tact : on aura forcément besoin de sa meilleure amie après le tête-à-tête, soit pour être consolée, soit pour raconter !

En soirée :

- Tu n'aurais pas le nouveau numéro de Sandrine ? Oh, il est dans ton manteau... Tu pourrais aller le chercher ? Oui, maintenant : après, je risque d'oublier.
- Tu sais où est la cuisine ? Génial ! Tu pourrais me rapporter un verre d'eau ? Excuse-moi, hein, je t'exploite...
- Oh, il y a des tortillas ! J'adore les tortillas ! Je vais en chercher et je reviens.
- Je crois que Sabine voulait te parler. Elle est avec Stéphanie, à l'autre bout du salon.
- Ce serait génial s'ils passaient un bon Sarah Tarey ! Non, je ne peux pas aller demander à Judicaël, j'ai déjà réclamé un Carine Pion, tout à l'heure, il va trouver que j'abuse. Par contre, toi...

Au collège

- Ton portable est dans la classe ? Dommage, j'aurais bien aimé que tu me le prêtes... Non, ne te dérange pas, ce n'est pas très, très urgent. Oh, tu es trop chou !
- Il fait hyperfroid ! Je boirais bien un chocolat chaud. Non, les distributeurs sont à côté des terminales, je n'oserais jamais... Toi ? Tu ferais ça pour moi ?

- Mince ! J'ai perdu ma carte de bus ! Non, continuez à parler, je vous rejoins dès que je l'ai retrouvée.
- Je crois que Sabine voulait te parler. Elle est avec Stéphanie, à l'autre bout du self.
- Le prof de français s'approche ! Tu ne devais pas lui remettre un devoir en retard ? Alors, fonce aux toilettes, je viendrai te chercher quand il sera passé !

★ 12 ★

Quand une Saturnienne rencontre un Jupitérien en tête à tête...

Trois choses qu'il faut savoir pour réussir son tête-à-tête

1. Rencontrer un extraterrestre en tête à tête n'est facile pour personne – ni pour un Jupitérien, ni pour une Saturnienne.

2. Une Saturnienne a le droit de faire le premier pas. C'est **pratique** : si le Jupitérien est trop timide pour se lancer (ça arrive !), elle peut quand même sortir avec lui. Mais c'est aussi **embêtant** : s'il n'ose pas lui proposer d'aller au cinéma, ou de faire une grande balade, ou de réviser les maths avec elle, c'est à la Saturnienne de risquer le tout pour le tout.

3. Lors d'un premier tête-à-tête, les mots employés ne sont pas toujours dans le dictionnaire intergalactique (voir le dialogue ci-dessous). Ce n'est **pas grave**.

Un dialogue : Premier tête-à-tête de Samantha et Jonathan

SAMANTHA

Euh... Ben... Salut !

JONATHAN

Ah... Brtgtzftr... Salut toi-même, rah-rah-rah !

SAMANTHA

Rah... Je me demandais si... mmmmmm... tu voudrais bien... si ça te dirait de... enfin... s'il te plaît, hein... faire un gour avec boi... une grobebade...

JONATHAN

Une quoi ?

SAMANTHA

Une grobebade... Un gour, quoi...

JONATHAN

Ah... Un tour ! Brtgtzftr...

SAMANTHA

Bais si tu beux bas, euh... D'est bas brave...

JONATHAN

'Ardon[1] ?

SAMANTHA

Si tu veux pas, c'est pas grave !

JONATHAN

Mais si, si, si, si ! Je veux !

SAMANTHA

OUAIS !

Trois choses qu'il faut savoir pour comprendre l'autre extraterrestre

1. Au risque de me répéter, mais *c'est important* : en général, **un Jupitérien parle beaucoup moins qu'une Saturnienne**. Quand il dit : « brtgtzftr », il veut dire : « Wouah ! Tu es superjolie ! Comme j'aimerais aller faire un tour avec toi ! » Logiquement, **la Saturnienne parle beaucoup plus qu'un Jupitérien**. Une fois qu'elle est lancée, elle est inarrêtable. Le Jupitérien ne doit pas chercher à la comprendre ou à lui répondre : il doit se contenter de l'écouter. Quand elle dit : « J'adore cette ambiance, j'espère que toi aussi, d'ailleurs tu as vu Sandra comment elle danse, les oiseaux

1. Voir note p. 30.

m'ont réveillée ce matin, je trouve que le rhythm'n'blues c'est le meilleur son, et toi, tu as eu combien en maths ? », elle veut juste dire : « Je t'aime, et toi ? »

2. Chère Saturnienne, évitez de parler plus d'une demi-heure d'affilée. Même s'il vous trouve hypermignonne et hyperintelligente, votre Jupitérien préféré risque de finir par vous juger un peu bavarde... et très ennuyeuse.

3. Cher Jupitérien, ce n'est pas parce que vous êtes avec vos copains que vous avez le droit de regarder fixement une Saturnienne pour le seul plaisir de l'embarrasser.

En conclusion, n'oubliez jamais, l'un et l'autre, qu'un sourire craquant est le meilleur moyen de briser la glace !

III

Quand Jupiter a rendez-vous avec Saturne (et réciproquement)

Ça y est ! Vous avez rendez-vous avec votre extraterrestre préféré(e) ! Mais, attention : des malentendus sont toujours possibles ! Pour vous préparer à rencontrer le Jupitérien ou la Saturnienne de votre vie dans les meilleures conditions, lisez très attentivement les pages qui suivent...

★ 13 ★

Avant le rendez-vous

Un premier rendez-vous, c'est toujours très excitant... et un peu inquiétant ! Comment savoir si votre super-ensemble Waf-Waf plaira à votre extraterrestre préféré ? Comment éviter de dire des bêtises ?

La Saturnienne demandera conseil à sa meilleure amie. Elle lui confiera ses angoisses et essaiera de profiter de ses réponses. Le Jupitérien affirmera qu'il contrôle la situation. Il jurera qu'il se sent parfaitement détendu et sûr de lui. C'est bien sûr un mensonge. Résultat, au dernier moment, il se peut qu'il tombe subitement malade (oui, comme n'importe quel extraterrestre avant un Devoir Sur Table d'Histoire qu'il n'a pas préparé). Chère Saturnienne, ne vous énervez pas ! Sinon, il rentrera dans sa coquille et ce sera la fin de votre histoire...

Que faire si le Jupitérien annule son rendez-vous au dernier moment ?

Supposons que Jack ait rendez-vous avec Susie. Voilà deux heures que celle-ci se prépare. Elle a essayé toute sa garde-robe. Elle a pris deux bains et trois douches. Elle a discrètement « emprunté » un parfum (*Fleur de Romance*) à sa grande sœur. Elle s'en est aspergée largement. Très largement. (Trop largement : elle-même trouve qu'elle sent *trop* bon.) Au moment de partir, le téléphone sonne.

SUSIE

Allô ?

JACK

Susie ?

SUSIE

Oui ?

JACK

C'est Jack.

SUSIE

Oui, je t'avais brtgtzftr... je t'avais brtgtzftr... enfin, salut, quoi.

JACK

Je ne peux pas venir.

Ouf ! Ça valait le coup ! Tu es splendide, ma chérie. Il va a-do-rer !

SUSIE

Hein ?

JACK

Je ne peux pas venir. Je... je dois donner un coup de main à mon père.

À ce stade du dialogue, tout peut arriver. Susie peut avoir **la mauvaise réaction**. Elle peut répondre : « Jack, tu es... Tu es vraiment dégueulasse ! » et raccrocher violemment. Elle peut aussi avoir **la bonne réaction**. Elle peut prendre sur elle et dire : « Bon... Tant pis... Une autre fois, peut-être ? »

Cette dernière réaction a deux avantages. Un : elle ne vexe pas Jack, qui rappellera probablement quelques heures plus tard (ou, au pire, dans quelques jours) pour fixer un autre rendez-vous. Deux : elle permet à Susie d'annuler son rendez-vous la fois suivante. Car devoir annuler son rendez-vous à la dernière minute... cela peut très bien vous arriver, chère Saturnienne !

Que faire si la Saturnienne annule au dernier moment ?

Solenne appelle Jérémie juste avant qu'il sorte pour se rendre à leur rendez-vous.

— Papa dit que j'ai trop de travail, et maman trouve que j'ai l'air fatiguée..., lui explique-t-elle, larmoyante. Je n'ai pas le droit de sortir...

Ce n'est pas sa faute ! Plutôt que de lui crier dessus (« Tu n'aurais pas pu m'avertir plus tôt ? »), mieux vaut la mettre à l'aise en compatissant :

— Ils ne sont pas commodes, tes parents !

La Saturnienne, qui est certainement très, très triste de ne pas rejoindre son extraterrestre chéri, sera touchée par sa gentillesse... et encore plus pressée de le revoir !

Trois « trucs » à lire juste avant le rendez-vous

1. Chère Saturnienne, ne vous faites pas trop de films. Votre rendez-vous sera sans doute merveilleux... mais n'en attendez pas trop : c'est le meilleur moyen d'être déçue.

2. Cher Jupitérien, soyez à l'heure ! Si vous avez une seconde et demie de retard, vous trouverez votre Saturnienne préférée en larmes : elle se sera persuadée que vous n'arriverez jamais !

3. Chère Saturnienne et cher Jupitérien, inspirez profondément. Soufflez. Recommencez l'opération. Répétez-vous que tout va bien se passer... et foncez !

★ 14 ★

Pendant le rendez-vous

Qu'est-ce qu'on va bien pouvoir se DIRE ?

C'est le problème majeur du Jupitérien, qui n'a pas l'habitude de parler.

La Saturnienne aurait plutôt le problème contraire : elle parle souvent, et quand elle est nerveuse, elle parle beaucoup. Elle aura alors tendance à se taire, par prudence. Le danger est évident : si elle se tait en même temps que le Jupitérien, il y aura un **silence prolongé**.

Dix « trucs » pour éviter le silence prolongé

1. Aller au cinéma ou au concert (on ne peut pas parler pendant le film ou le spectacle).

2. Avant et après le film ou le concert, parler de ce qu'on va voir, puis de ce qu'on a vu.

3. Lancer des blagues idiotes (genre : « Quel

est le comble pour un Schtroumpf ? Se faire des bleus »). C'est plutôt le rôle du Jupitérien.

4. Chantonner un air à la mode ou mettre un disque. L'autre enchaînera : « Tiens, qu'est-ce que c'est ? » Le chantonneur répondra : « C'est le quatrième mouvement du deuxième quatuor de Janacek, tu connais ? », ou : « C'est Tadatchek Enumen, tu aimes ce qu'il fait ? » Et c'est parti !

5. Se mettre à rire. Rire détend (mais n'en abusez pas).

6. Avouer qu'on n'a rien à dire. (C'est un début très ouvert, qui peut déboucher sur des discussions surprenantes.)

7. Énumérer à haute voix tout ce dont on ne veut pas parler (par exemple : « Tu as combien de sœurs ? Il est quelle heure ? Tu as Internet à la maison ? Tu as trouvé combien à l'exercice 23 de la page 125 ? Tu manges de la viande ? Tu lis beaucoup de livres ? Qu'est-ce que tu veux faire plus tard ? »).

8. Échanger des ragots (« La prof de géo a embrassé le prof de musique au self, je t'assure ! »).

9. Dire du mal de vos ennemis communs (« Julien ? Je ne peux plus le saquer ! — Ah, moi non plus... »). Attention : toujours commencer par vérifier qu'on déteste les mêmes personnes.

10. Dire à votre extraterrestre préféré(e) qu'il (elle) est votre extraterrestre préféré(e).

REMARQUE : En soi, le silence n'est pas dangereux ; il ne devient gênant, voire angoissant, que lorsqu'on le craint par-dessus tout. Vous pourrez d'ailleurs constater qu'on peut passer d'agréables moments silencieux en compagnie de son extraterrestre préféré(e) – et savourer le sentiment qu'on se comprend l'un l'autre sans avoir besoin de parler.

OÙ on va bien pouvoir ALLER ?

Trois « trucs » pour éviter les ratés

1. Pensez à votre extraterrestre préféré(e). Par exemple, cher Jupitérien, ne lui imposez pas d'aller au cinéma voir *La Revanche des mygales géantes* si elle déteste les araignées, *même si vous avez très, très envie d'aller le voir !* Et vous, chère Saturnienne, ne le traînez pas au fast-food si son entraîneur vient de lui recommander un régime, *même si vous avez très, très envie de manger un Mégacheeseburger avec beaucoup de frites.* Sortir avec quelqu'un demande parfois des sacrifices...

2. Chère Saturnienne, évitez d'inviter chez vous votre Jupitérien adoré, *même si votre* *maman insiste.* Non seulement vos parents ne sont peut-être pas présentables (sans parler de votre petite sœur, ni de votre grand frère qui se promène toujours en caleçon dans la maison), mais votre extraterrestre chéri n'a sans doute aucune envie de participer à ce genre de cérémonie. Pas d'inquiétude : il aura l'occasion de rencontrer votre famille plus tard !

3. Ne vous donnez pas rendez-vous dans un endroit que fréquentent souvent vos copains-copines. Ce n'est jamais très agréable de se sentir épiés en permanence pour une première grande rencontre !

Voilà qui laisse pas mal de possibilités, selon vos sensibilités :

- **L'extraterrestre écolo** proposera (si l'on est sûr qu'il fera beau) de se rencontrer dans un parc ou une forêt, sur une colline ou près d'un cours d'eau.
- **L'extraterrestre classique** conseillera de se retrouver dans un café, un cinéma, un bowling, voire à un concert.
- Pour les amoureux qui veulent absolument être originaux, **l'extraterrestre branché** suggérera de se risquer dans des lieux inattendus (les catacombes, une zone industrielle, un parking de centre

commercial...). Attention, tout de même, aux aventures trop risquées.

À vous de décider !

CONSEIL PRATIQUE : Donnez le choix à votre extraterrestre préféré(e). Et laissez-lui la possibilité de proposer autre chose : « On pourrait aller au cinéma ou au lac... à moins que tu n'aies une meilleure idée ? »

Un rendez-vous raté : un double malentendu...

Aujourd'hui, Jean-Baptiste et Séverine vont au cinéma.

Comment se sont-ils rencontrés ?

Jean-Baptiste a rencontré Séverine grâce à l'ami du copain de la sœur d'un grand pote à Jules (qui joue « pivot défensif » dans son équipe de basket), qui sort justement avec Sonia, la meilleure amie du cousin de la tante de Séverine.

Qu'ont-ils décidé d'aller voir ?

Une comédie sentimentale, *Elle l'aime, et lui ?*

Est-ce une bonne idée ?

Oui, selon la Saturnienne (d'ailleurs, c'est elle qui l'a eue, l'idée) : elle trouve le film « grave émouvant ».

Non, selon le Jupitérien : la Saturnienne est tellement émue qu'elle pleure et doit se moucher toutes les trente secondes. Résultat : il n'arrive pas à garder sa main dans la sienne (en plus, le film ne l'intéresse pas du tout).

Que se passe-t-il à la fin de la séance ?

Jean-Baptiste est un peu inquiet : Séverine a l'air bizarre.

Elle le rassure :

— Je n'avais pas pleuré comme ça depuis si longtemps ! Ça fait un bien fou !

« Elle n'a pas seulement l'air bizarre, conclut le Jupitérien. Elle *est* bizarre. »

— Et si on allait manger un morceau, pour se remettre de toutes nos émotions ? propose-t-il.

Elle soupire, résignée :

— Si tu as faim...

Ils se rendent au fast-food le plus proche. Jean-Baptiste commande un Hypermégamenu ; Séverine, un tout petit verre d'eau du robinet (« Non, je ne veux rien d'autre, je t'assure »). Dès qu'ils sont assis, elle se met à raconter sa vie : elle ne s'entend pas bien avec son beau-père ; sa mère travaille trop, elle n'est jamais à la maison ; quant à son frère...

— Eh ! tu m'écoutes ? demande-t-elle soudain à Jean-Baptiste.

— Cronch... Excuse-moi... Cronch... Je réfléchissais à ce que j'allais prendre en dessert... Cronch... Qu'est-ce que tu disais ?

— Oh, ça n'a pas d'intérêt !

REMARQUE : Dans ce type de circonstance,

quand une Saturnienne dit : « Ça n'a pas d'intérêt », elle veut dire : « Ça a de l'intérêt, et toi, tu n'écoutes pas ! »

Jean-Baptiste finit rapidement son Hypermégamenu (mauvais signe). Il renonce à son dessert (*très* mauvais signe). Séverine et lui décident de rentrer séparément, chacun chez soi (*hyper* mauvais signe).

Surveillez votre langage !

Ne dites pas...	Dites plutôt...
C'est là que j'amène toutes mes petites copines.	Sympa, comme endroit, non ?
Tu es moins drôle que Julien (à éviter, même si c'est objectivement vrai).	Ce que j'aime bien, chez toi, c'est que tu ne te sens pas tout le temps obligé de sortir des blagues (sous-entendu : arrête d'en sortir, s'il te plaît).
Toi aussi, tu as pris ton bain avec ton petit frère quand tu étais petit ?	Tu m'emmèneras voir un match de basket au Super Stadium de Jupiter ?
Ce n'est pas très intéressant, ce que tu racontes.	Ah ouais ? Trop classe !
Tu sais, Sandra, ta copine... Elle est pas mal... Tu pourrais nous présenter ?	Tu es la plus belle.

Ma vie est nulle. Il ne m'arrive jamais rien de bien.	Je n'aurais jamais cru qu'on sortirait ensemble : tu es tellement mieux que moi !

Que faire si ça se passe MAL ?

Cher Jupitérien, essayez de détendre l'atmosphère. Par exemple, si votre extraterrestre adorée s'aperçoit que le récit de sa dernière expédition au centre commercial ne vous intéresse pas, affirmez le contraire *en souriant*. **Principe numéro un** : un sourire évite bien des chagrins.

Chère Saturnienne, ne commettez rien d'irréparable. Par exemple, si la bande de copains de votre amoureux débarque au fast-food et vous ennuie, ne criez pas : « Vous êtes vraiment des triples crétins insupportables ! » Même si votre extraterrestre chéri est aussi agacé que vous, il ne pourra pas vous soutenir. **Principe numéro deux** : attention, l'irréparable ne se répare pas.

Cher Jupitérien, chère Saturnienne, n'oubliez pas que la vie continue ! Si vous n'êtes pas faits l'un pour l'autre, il vaut mieux vous en rendre compte le plus vite possible, non ? Donc, si ça se passe mal, ne vous culpabilisez pas (« J'ai tout fait rater »), ne vous désespérez pas (« Je ne sais pas sortir avec un extraterrestre »), ne vous énervez pas (« Mais quel imbécile, ce Jupitérien ! ») : ce n'est ni une honte ni un drame. **Principe numéro trois** : si le bonheur n'est pas dans le pré, cherche-le dans la clairière (proverbe martien) !

★ 15 ★

Après le rendez-vous : êtes-vous vraiment amoureux ?

Samia et Justin ont rendez-vous.

Quand Samia aperçoit son extraterrestre adoré, elle est stupéfaite : il est si beau ! Lui, de son côté, n'en revient pas qu'une fille aussi parfaite que Sonia s'intéresse à lui. Devant le cinéma intergalactique, leurs yeux se croisent. Soudain, le monde disparaît : Samia ne voit plus que Justin, et Justin ne voit plus que Samia. Ils sentent leur cœur battre plus fort que jamais. Jamais ils ne s'étaient vus comme cet après-midi-là. Désormais, ils en ont la certitude : ils s'aimaient, ils s'aiment et ils s'aimeront. Toujours. Pour l'éternité.

Ils s'approchent l'un de l'autre. Justin dit à Samia :

— Je t'aime.

Samia dit à Justin :

— Moi aussi, Justin, je t'aime.

Et ils s'embrassent.

ATTENTION : Ce genre de scène est très, très rare dans la réalité. Le plus souvent, il faut récolter patiemment des indices pour savoir si l'extraterrestre qu'on aime nous aime aussi.

Dix indices pour repérer un grand amour

1. Vous ne pouvez pas arrêter de vous regarder.

2. Le Jupitérien a accepté de rater un entraînement de basket pour vous voir, chère Saturnienne.

3. La Saturnienne a annulé un rendez-vous avec sa meilleure amie pour vous voir, cher Jupitérien.

4. Vous voulez être ensemble tout le temps.

5. Vous avez du mal à vous endormir et à vous concentrer (vos parents le remarquent très vite).

6. Vous êtes contents d'aller en cours parce que votre extraterrestre préféré(e) est dans votre classe.

7. Vous refusez de partir en vacances avec votre famille pour ne pas vous éloigner de votre extraterrestre adoré(e).

8. Vous avez sauté ce passage parce que vous *savez* que vous êtes amoureux.

9. Vos amis se moquent de vous, et ça vous est *complètement égal.*

10. Vous avez demandé discrètement à la documentaliste de votre collège « à partir de quel âge on peut se marier » (« C'est pour un exposé en éducation civique », avez-vous aussitôt précisé en rougissant).

Que faut-il faire dans ces cas-là ?

Ce n'est pas parce que vous n'êtes pas ensemble que vous ne vous aimez pas. Au contraire : éloignez-vous de temps en temps l'un de l'autre, ça vous fera du bien. **Principe numéro un** : l'univers est grand, profitez-en.

Arrêtez de vous torturer l'esprit pour savoir ce que fabrique votre extraterrestre préféré(e) quand il (elle) n'est pas avec vous. Dès que la Saturnienne tourne les talons, le Jupitérien amoureux se demande pourquoi elle ne reste pas avec lui, où elle va, qui elle voit, ce qu'elle fait, etc. Il a tendance à s'énerver encore plus vite que d'habitude, ce qui est un exploit. Il ne s'intéresse pas à ce que racontent ses amis. Quand on lui demande si ça va, il répond en général : « Groumf. » (Dès que le Jupitérien tourne les talons, la Saturnienne est dans le même état.) **Principe numéro deux** : restez calmes !

Si vous n'arrivez pas à rester calmes, pourquoi ne pas tenir un journal intime pour mettre au clair vos émotions ? **Principe numéro trois** : si vous ne pouvez pas rester calmes, essayez quand même !

Ne cherchez pas à comprendre ce qui vous arrive. Profitez, c'est tout. **Principe numéro quatre** : si vous arrivez à savoir *pourquoi* vous êtes amoureux, vous n'êtes pas vraiment amoureux.

Soyez compréhensifs. Votre extraterrestre préféré(e) a beau être génial(e), merveilleux (euse), extraordinaire, il (elle) a ses qualités, ses défauts (si, si !) et ses habitudes. Souvent, le Jupitérien aime faire du sport ; et, souvent, la Saturnienne aime parler. Vous n'y pouvez rien ! **Principe numéro cinq** : n'oubliez jamais que votre extraterrestre préféré(e) vient d'une autre planète que la vôtre.

Que ne faut-il pas faire dans ces cas-là ?

Ne demandez pas sans cesse à votre extraterrestre préféré(e) s'il (elle) vous aime. Dites-lui plutôt : « Je t'aime. »

Ne dites pas à votre extraterrestre préféré(e) qu'il (elle) devrait faire des efforts. Faites-en vous-même. Chère Saturnienne, votre Jupitérien bien-aimé adorera que vous cherchiez à vous initier à son sport préféré, *même si ça ne vous intéresse pas du tout*. Cher Jupitérien, votre Saturnienne chérie sera très émue si vous arrivez à échanger deux phrases avec sa meilleure amie, *même celle-ci vous semble complètement abrutie*.

Ne croyez pas que vous n'avez plus le droit d'être drôle sous prétexte que vous êtes amoureux. Les amoureux ont le droit de rire. Chère Saturnienne, si vous voulez pleurer, attendez plutôt de vous trouver avec votre meilleure amie. Le Jupitérien n'aime pas les larmes.

Ne changez pas de personnalité. Votre extraterrestre préféré(e) vous aime comme vous êtes.

C'est compliqué, l'amour !

L'orchestre symphonique intergalactique entame la grande ouverture du *Concerto pour un premier amour*. Puis il attaque le premier mouvement. De douces mélodies se font entendre, alternant avec des passages plus violents... et d'autres moments un peu ennuyeux.

Il raconte en musique l'histoire de Sandra et Jamel, qui sortent ensemble depuis trois mois (TROIS MOIS !). Au début, c'était la grande émotion de tous les instants. Ensuite, ils se sont habitués à leur merveilleux bonheur... et ils ont connu des disputes et des passages à vide !

Aujourd'hui, Sandra attend Jamel à la sortie du collège. Soudain, elle l'aperçoit :

SANDRA

Jamel ! Enfin ! Tu as deux minutes treize de retard.

JAMEL

Euh... Il fallait que je finisse quelque cho...

SANDRA

Et quoi ? Tu ne veux plus me voir ? Qu'est-ce qui se passe ?

JAMEL

Mais rien ! Il fallait juste que je recopie un truc et...

SANDRA

Très bien ! Tu préfères recopier des trucs pendant que, moi, je poireaute ? Tout est fini entre nous !

Sarah et Joseph ont connu eux aussi le frisson du grand amour. Mais, aujourd'hui, Joseph s'aperçoit que Sarah fait une tête de trois mètres de long. Il lui demande :

— Qu'est-ce qui ne va pas ?

— Rien, rien..., bougonne-t-elle.

Joseph ne parle pas assez bien le saturnien pour savoir exactement ce qui cloche. Mais il le parle suffisamment bien pour savoir que quelque chose cloche ! Il se met à se torturer les méninges, ce qui l'énerve rapidement : il n'aime pas « se prendre la tête », comme il dit. Sarah est hyperbelle quand elle sourit. Pourquoi ne lui explique-t-elle pas simplement ce qu'elle a, qu'on en finisse ?

Quand il lui repose la question, Sarah remarque le ton agacé. Elle s'énerve à son tour : il ne l'aime plus, c'est sûr et certain. Alors, ils commencent à se disputer à haute voix... et rien ne va plus.

Que faire pour éviter ces situations ?

Si vous avez un problème, dites-le clairement à votre extraterrestre préféré(e). Cela lui épargnera de jouer aux devinettes ou de laisser courir son imagination (les amoureux ont toujours tendance à imaginer le pire).

Si vous n'avez pas de problème (mais que vous soyez simplement de mauvaise humeur, ça arrive), évitez votre extraterrestre préféré(e) le temps que cela vous passe... ou expliquez-lui simplement que vous vous êtes levé du pied gauche ! Cela lui est sûrement déjà arrivé, il (elle) comprendra.

GRANDE QUESTION : Est-ce qu'on peut s'aimer toujours ?

RÉPONSE : Oui, certainement, même s'il faut faire des efforts pour cela (voir la partie IV). Ce qui est sûr, c'est qu'**on a le droit de se disputer, même entre amoureux**... à condition que cela n'arrive que de temps en temps !

IV

Quand Jupiter et Saturne sont amoureux

Vous avez rencontré l'extraterrestre de votre vie ? Félicitations ! Vous voulez que votre amour dure éternellement ? Beau programme ! Dans les pages suivantes, vous trouverez des dizaines de « trucs » pour vous aider.

★ 16 ★

Quelques conseils pour entretenir l'amour

Pensez à autre chose ! Même si vous êtes très, très amoureux, vous avez le droit de vous changer les idées de temps en temps. Cher Jupitérien, allez voir vos copains : ne les avez-vous pas un peu négligés ces derniers temps ? Chère Saturnienne, allez voir votre meilleure amie : depuis quand n'avez-vous plus passé une heure avec elle au téléphone ? Foncez : vous comprendrez après que *ça fait du bien de s'aérer la tête...*

Cher Jupitérien, chère Saturnienne, ne vous laissez pas avoir par les apparences ! Quelle que soit votre planète d'origine, **vous êtes humains**. Donc, si, un jour, vous êtes de mauvaise humeur et si vous n'avez pas *du tout* envie de dire à votre extraterrestre préféré(e) que vous l'aimez, pas d'inquiétude : c'est normal ! Évitez de le (la) rencontrer si possible, ou expliquez-lui très simplement la situation.

Il (elle) vous comprendra : lui (elle) aussi a vécu (ou vivra bientôt) la même chose.

Ne prenez pas tout comme une attaque personnelle. Si votre extraterrestre préféré(e) vous dit qu'il a trop de devoirs pour le moment et qu'il ne peut pas aller au cinéma ce mercredi, ce n'est pas forcément qu'il ne vous aime plus : c'est probablement qu'il a trop de devoirs. De même, n'oubliez pas que les caractéristiques des Jupitériens et des Saturniennes ne sont pas les mêmes. Chère Saturnienne, si la mère de votre Jupitérien chéri vous assure par trois fois que son fiston est sorti faire un footing, ce n'est pas forcément qu'il ne veut pas vous parler ou que sa mère l'en empêche : c'est probablement qu'il est sorti faire un footing.

Rappelez-vous régulièrement combien vous vous aimez (si vous vous aimez toujours, bien sûr). Vous pouvez le *dire* : « Tu es tellement formidable, je n'en reviens pas ! » Mais vous pouvez aussi le *montrer* par de petits cadeaux : en amour, un poème vaut autant que la plus belle console de jeux du monde. Si votre argent de poche est très limité, profitez-en pour vous mettre à la poésie !

Ne rêvez pas : le grand frisson que vous avez ressenti au début de votre amour va s'atténuer.

Vous n'y pouvez rien. Cela ne veut pas dire que vous aimez moins votre extraterrestre préférée, mais que vous l'aimez d'une autre façon. Votre amour change. Il grandit. C'est plutôt bon signe, non ?

★ 17 ★

Se confier ? Oui, mais pas à n'importe qui !

Sonia est dans la chambre de sa meilleure amie, Sarah. Elle lui explique l'amour extraordinaire qu'elle ressent pour Jules, et l'histoire génialissime qu'ils vivent tous les deux.

— L'autre soir, chez Sabine, on dansait un superslow... Tu sais, *Je t'aime trop grave*, des Supercosmics. À ce moment-là, il a voulu m'embrasser, et là, paf ! Je me suis rendu compte qu'il puait l'ail. Oh là là, l'horreur, t'imagines ?

Sarah imagine très bien. À tel point que, quelques heures plus tard, quand elle se retrouve au fast-food avec Sonia et Jules, elle ne peut pas s'empêcher de gaffer.

SARAH

Qu'est-ce que tu as commandé, Jules ?

JULES

Un Supraburger.

SARAH

Il n'y a pas d'ail, dedans, au moins ?

JULES

De l'ail ? Non, pourquoi ?

SARAH

Euh... au cas où tu aurais été allergique...

JULES

Pfff ! N'importe quoi ! Je ne suis pas allergique à l'ail !

SARAH

Oui, remarque, on est au courant...

JULES

Comment ça, tu es courant ?

SARAH

Sonia m'a raconté des choses...

JULES

Quelles choses ?

SONIA, *rouge de honte.*

Rien... Aucune importance...

JULES, *qui commence à bien comprendre le saturnien.*

Si ! Quand tu dis que ça n'a aucune

importance, je *sais* que c'est important ! Explique-toi !

REMARQUE : Jules a beau être très sûr de lui (en apparence), il pense que sa relation avec Sonia est une affaire privée qui ne regarde que Sonia et lui. Si elle a repéré un de ses défauts, elle est priée de garder son observation pour elle...

CONSEILS PRATIQUES : Chère Saturnienne, attention à ce que vous dites... et choisissez votre interlocuteur ! Si votre meilleure amie ne sait pas garder un secret, ne lui révélez pas les défauts secrets de votre Jupitérien préféré !

Cher Jupitérien, ne racontez pas n'importe quoi à votre bande de copains. Par exemple, ne vous vantez pas trop aux dépens de votre petite Saturnienne adorée : elle pourrait ne pas être ravie...

★ 18 ★

Se faire désirer ?
Oui, mais pas trop longtemps !

Chaque fois que Salma aperçoit Jordan, elle lui adresse un sourire jusqu'aux oreilles. Jordan adore ça ! Mais, un jour, Salomé, la meilleure amie de Salma, prend à part son amie et lui explique :

— Arrête d'être aussi sympa avec lui ! Si tu continues, il ne te regardera même plus.

— Mais qu'est-ce que je dois faire, alors ?

— Rien ! S'il veut sortir avec toi, c'est à lui d'être sympa.

Quand, un peu plus tard, Jordan croise Salma à la cantine, elle ne lève pas les yeux. Un peu étonné, il l'interpelle :

— Salut, Salma... Y a quelque chose qui ne va pas ?

Pas de réponse.

— Eh, Salma ! reprend Jordan. Qu'est-ce que tu as ?

Silence.

Alors, Jordan crie :

— Ou-ouh ! Il y a quelqu'un ?

— Ne hurle pas ! rétorque Salma. Qu'est-ce que tu veux ?

— Eh bien, euh, je..., balbutie Jordan. Est-ce que ça te dirait de m'accompagner à la fête foraine, ce samedi ?

— Hum, non, pas possible. Il faut que je me lave les cheveux.

— On n'a qu'à se donner rendez-vous à..., commence Jordan.

Salma l'interrompt :

— Qu'est-ce que je viens de te dire ?

— Que tu te lavais les cheveux. Mais tu ne te les laves pas toute la journée, quand même ?

— Si. Ils sont très longs, alors ça prend beaucoup de temps.

Jordan s'en va, tête basse.

À l'inverse, Samantha a expliqué à Sophie qu'il fallait qu'elle dise « je t'aime » à Julien au moins dix fois par jour. Sophie a confiance en sa meilleure amie. Elle essaie donc de suivre son conseil. Dès qu'elle aperçoit son amoureux, elle se précipite vers lui et lui dit :

— Je t'aime, Julien.

Elle reste près de lui autant qu'elle peut.

jeu
t'aiaiaiaiaimeuh !

Ce qui lui permet de lui répéter à longueur de journée :

— Je t'aime, Julien.

Hélas, parfois, Julien réagit :

— Oui, je sais, tu me l'as déjà dit cent fois, aujourd'hui.

— Dix-neuf fois seulement, Julien, rectifie Sophie. J'ai compté. Mais ce n'est pas ma faute : je t'aime tant !

— Chouette..., lâche Julien en s'étirant.

— Tu sais, ma mère est folle de toi. Elle m'a dit : « Il a l'air bien élevé, ce petit Julien ! » C'est le plus beau compliment qu'elle puisse faire, tu sais ?

— Génial...

— Mon chien aussi t'adore.

Julien ne répond pas : il bâille à s'en décrocher la mâchoire.

— Et moi aussi, Julien. Je t'adore. Je t'aime. Je... Julien ? Julien ?

Trop tard. Julien s'est endormi.

REMARQUE : Quand ils s'ennuient, les Jupitériens s'endorment très facilement.

Cinq « trucs » saturniens pour se faire désirer tout en restant accessible

1. **Mettez-vous à la place de votre extraterrestre préféré**, et imaginez la réaction que vous auriez. Supposons que vous décidiez de ne *jamais* le rappeler quand il vous laisse un message. Vous vous dites : « De toute manière, s'il a vraiment envie de me parler, il rappellera. » S'il vous faisait le même coup systématiquement, vous finiriez par penser qu'il n'a plus envie de vous parler, non ? Alors, soyez prudente.

2. Chère Saturnienne, **entraînez-vous au « sourire énigmatique »**. Regardez bien le visage de la *Joconde*, et essayez de l'imiter. Attention, ne vous lancez que quand vous êtes parfaitement au point : si vous ratez votre supersourire, vous aurez l'air franchement ridicule. Mais si vous le réussissez, vous aurez l'air à la fois désirable et mystérieuse... le top !

3. Utilisez intelligemment votre agenda. Ne courez pas le chercher quand votre extraterrestre vous propose un rendez-vous, genre : « Oh là là, je suis hyperdébordée, attends un peu. » Dites plutôt : « Hum, j'ai pas mal de choses à faire, cette semaine, mais, pour toi, j'aurai toujours le temps ! » Et pas la peine de laisser

votre amoureux jeter un œil sur votre calepin : il risquerait de voir que, en réalité, vous n'avez rien écrit dessus, sauf le programme de révision pour votre prochain contrôle d'anglais, et peut-être : « I Love Tom Bouze pour la vie »...

4. Ne compliquez pas trop. Vous avez le droit de vous laisser un peu désirer, mais ne montez pas tout un sketch pour ça. Par exemple, chère Saturnienne, ne demandez pas à votre meilleure amie d'arriver au milieu de votre discussion avec votre Jupitérien chéri pour dire : « Au fait, pour demain après-midi, ça tient toujours, tu sais, le rendez-vous que nous devions avoir (*clin d'œil*), tu vois de quoi je veux parler, n'est-ce pas ? » Il n'y croira pas un instant, et il risque de commencer à douter de vous.

5. En bref, **soyez vous-même** : si, un jour, vous n'avez pas envie de faire semblant d'être débordée, ne faites pas semblant ! Vous avez le droit d'aimer votre extraterrestre préféré sim-ple-ment. En revanche, évitez d'être trop collante : trop d'amour tue l'amour.

En amour, tout est question de dosage. Vous avez le droit d'être raide dingue de votre extraterrestre préféré. Mais évitez de le lui faire trop sentir. Il pourrait finir par s'en agacer.

CONSEIL PRATIQUE : Cher Jupitérien, même si vous ne pouvez plus vous passer de votre petite Saturnienne adorée, laissez-la un peu respirer. Elle a besoin de voir ses copines – et notamment sa meilleure amie. Par contre, n'hésitez pas à être enthousiaste de temps en temps. Une exclamation comme : « Wouah ! J'adore tes boucles d'oreilles ! » fera toujours plaisir à votre bien-aimée (vérifiez quand même que vous ne confondez pas avec un bouton infecté ou un gros grain de beauté).

★ 19 ★

Critiquer ? Oui, mais pas n'importe comment !

Entre amoureux, on peut tout se dire, non ? Eh bien, non. La preuve.

Jean-Baptiste et Séverine sortent ensemble depuis plusieurs mois. Ils passent le plus de temps possible l'un près de l'autre. Mais un jour...

SÉVERINE

Papa m'appelle sa petite colombe, parce que je suis gentille avec tout le monde, et que je fais toujours très attention aux gens qui m'entourent.

JEAN-BAPTISTE

Ben voyons !

SÉVERINE

Comment ça, « ben voyons » ? Tu trouves que je ne fais pas attention aux autres ?

JEAN-BAPTISTE
Ben, ça dépend...

SÉVERINE
Tu trouves que je suis égoïste, c'est ça, hein, dis-le !

JEAN-BAPTISTE
Mais pas du tout, je...

SÉVERINE
Et toi ? Tu crois que tu es parfait, monsieur Je-donne-des-leçons-aux-autres ?

JEAN-BAPTISTE
Ce n'est pas ce que je voulais dire...

SÉVERINE
Parce que j'ai une mauvaise nouvelle à t'annoncer, dans ce cas : tu n'es pas parfait, oh non ! Loin de là ! Tu te laves les dents tous les trente-six du mois ; c'est toujours moi qui t'invite au cinéma parce que, soi-disant, tu *oublies* ton portefeuille et après tu *oublies* de me rembourser. Tu...

JEAN-BAPTISTE
Tu me traites de radin, c'est ça ?

SÉVERINE
Je ne te traite pas : tu *es* radin.

JEAN-BAPTISTE

Et toi ? Tu crois que tu es mieux que moi ? Combien de fois j'ai dû te passer mes exos de maths pour que tu les recopies, tout ça parce que tu avais préféré discuter avec cette crétine de Séréna la veille !

SÉVERINE

Quoi ? Séréna, une crétine ? Et Jamel, ton mégasuperpote, il est génial, peut-être ?

REMARQUE : Attention ! Une critique peut en entraîner une autre !

Sept « trucs » à lire avant de critiquer votre extraterrestre préféré(e)

1. Au début de votre relation, vous ne verrez que les qualités de votre extraterrestre préféré(e). Mais si vous vous mettez à ne voir que ses défauts, c'est que rien ne va plus. Il vaut mieux que vous arrêtiez de sortir ensemble.

2. Vous avez le droit de critiquer votre extraterrestre préféré(e). Cependant, une critique à la fois, c'est amplement suffisant. N'assommez pas l'Amour De Votre Vie en lui énumérant tous ses défauts !

3. Votre extraterrestre préféré(e) a aussi le droit de vous critiquer. Une critique n'est jamais agréable à entendre, mais peut-être votre petit(e) chéri(e) a-t-il (elle) raison ! Avant de lui répondre que lui (elle) aussi a des milliards de défauts, écoutez-le (la)...

4. Avant de critiquer (et après), n'hésitez pas à faire quelques compliments à votre extraterrestre préféré(e). C'est un bon moyen de lui montrer que vous l'aimez malgré ses défauts !

5. Si votre extraterrestre préféré(e) prend mal votre critique, pas de panique ! Dites-lui que vous êtes désolé(e), et laissez-le (la) tranquille. Quelque temps plus tard, vous éprouverez tous les deux le besoin de vous revoir, et vous trouverez merveilleux de pouvoir être aussi francs l'un envers l'autre. Peut-être même que l'Amour De Votre Vie aura corrigé son vilain défaut...

6. Chère Saturnienne, même s'il n'en a pas l'air, le Jupitérien est un être sensible et fragile. Il n'aime pas qu'on remarque ses défauts. Donc, prudence : ne le critiquez pas trop d'un coup ni trop souvent !

7. Cher Jupitérien, la Saturnienne est un être sensible et fragile. Elle n'aime pas qu'on remarque ses défauts. Donc, prudence : ne la critiquez qu'en cas d'extrême nécessité !

★ 20 ★

Parler ? Oui, mais pas tout le temps !

Jupitériens et Saturniennes ne parlent pas exactement le même langage, nous l'avons vu (chapitres 4 à 6). Ils n'ont pas non plus exactement les mêmes centres d'intérêt.

Cinq « trucs » à ne pas oublier avant de parler à votre extraterrestre préféré(e)

1. Tout ce que vous direz à votre extraterrestre préféré(e) pourra être retenu pour ou contre vous. Donc, tournez soixante-dix-sept fois votre langue dans votre bouche avant de parler !

2. Cher Jupitérien, rappelez régulièrement à votre petite Saturnienne adorée que vous l'adorez. C'est très, très important pour elle.

3. Chère Saturnienne, quand votre Jupitérien préféré se tait (ou quand il répond invariablement par « Groumf » ou « Hum »), c'est qu'il en a assez de parler. Il voudrait que vous arrêtiez de lui poser des questions, mais il n'ose pas vous le dire. Faites-lui plaisir : laissez-le tranquille sans qu'il vous le demande !

4. Cher Jupitérien, quand votre Saturnienne préférée se tait, quand elle vous regarde froidement et qu'elle refuse de parler si vous le lui demandez... c'est tout à fait normal et mauvais signe ! Vous avez probablement dit quelque chose qui l'a vexée, ou, au contraire, vous n'avez rien dit et elle s'est vexée (oui, les Saturniennes sont compliquées). Son silence est un défi pour vous : vous devez trouver la formule magique qui la fera reparler.

5. Dans tous les cas, cher Jupitérien, chère Saturnienne, souvenez-vous que vous êtes différents. L'un aime se taire ; l'autre aime parler ; mais vous vous aimez tous les deux ! Alors, faites des efforts !

★ 21 ★

Rester ensemble ?
Oui, mais sans s'ennuyer !

Quand deux extraterrestres sortent ensemble, un danger les guette rapidement : L'HABITUDE. S'ils vont toujours au même endroit, s'ils font toujours la même balade, s'ils se voient toujours à la même heure, ils risquent d'en avoir rapidement assez.

Sophie et Julien sortent ensemble depuis plusieurs mois. Aujourd'hui, comme tous les mercredis, ils ont décidé d'aller au Panorama sidéral d'où l'on aperçoit l'Observatoire intergalactique.

SOPHIE

Et voilà l'Observatoire intergalactique...

JULIEN

Eh oui...

SOPHIE

Il est toujours là.

JULIEN

Groumf.

SOPHIE

On pourrait essayer de trouver une nouvelle étoile, non ?

JULIEN

Pfff !

SOPHIE

Quoi ? Ça ne te plaît pas ? Mais c'est ce qu'on a fait la dernière fois !

JULIEN, *bâillant.*

Justement.

SOPHIE

Propose autre chose, si tu n'es pas content !

JULIEN

Non, non... On n'a qu'à chercher une nouvelle étoile, si ça t'amuse.

SOPHIE

Mais ça ne m'amuse pas ! C'était pour te faire plaisir que je disais ça !

JULIEN

Calme-toi, Sophie !

SOPHIE, *hurlant.*

Je *suis* calme !

CONSEIL PRATIQUE : Éviter de dire « si tu n'es pas content », « si ça t'amuse », « si ça te fait plaisir » et, bien sûr, « calme-toi ! » à son extra-terrestre préféré(e). Cela risque de l'énerver fortement.

Sophie et Julien en ont assez de leurs habitudes. Ils ont besoin de changer d'air.

REMARQUE : Une Saturnienne a tendance à adorer le lieu de son premier rendez-vous. Elle se rappelle cette rencontre dans ses moindres détails (quitte à inventer ce qu'elle aurait oublié). Le Jupitérien a quelques souvenirs de ce moment : c'était en décembre (ou en février, ou peut-être en octobre, c'est ça, en octobre), il faisait froid (ou pas encore froid, ou un tout petit peu froid) et beau (ou alors il venait de commencer à pleuvoir), et il s'était fait piquer par une cyberortie plutonienne (ou par un cybermoustique, à moins qu'il ne confonde avec autre chose).

La mémoire des deux extraterrestres n'est pas la même. Il vaut donc mieux que la Saturnienne ne s'énerve pas en criant : « Comment ? Mais ce n'est pas possible ! Tu n'as pas pu oublier quand nous nous sommes embrassés sous le troisième arbre de la place, en partant de la gauche ! Je portais mon pull rose fuchsia et une jupe longue, un vernis à ongles vert pomme et blablabla... »

Selon toutes probabilités, le Jupitérien aura oublié, peut-être parce que la Saturnienne aura inventé ces détails sans s'en apercevoir...

Cinq « trucs » pour éviter l'habitude

1. Changez de lieu de rendez-vous. Si vous avez l'habitude d'aller au parc, allez au cinéma ; si vous avez l'habitude d'aller au fast-food, allez voir une exposition au musée (en plus, vos parents seront ravis)...

2. Changez d'heure de rendez-vous. Ce n'est pas toujours facile, entre les devoirs à faire, le petit frère à garder et l'entraînement du Jupitérien, mais ça vaut le coup d'essayer. Pourquoi ne pas vous voir un dimanche après-midi plutôt qu'un vendredi soir, par exemple ?

3. Surprenez votre extraterrestre préféré(e). Par exemple, habillez-vous hyperchic (ou hypersexy !), offrez-lui sans raison un CD d'un chanteur que vous aimez particulièrement, etc.

4. Essayez de nouvelles sensations. Pour cela, vous n'êtes pas obligés d'aller sauter à l'élastique (en général, la Saturnienne n'aime pas beaucoup). Vous pouvez vous contenter d'assister à une pièce de théâtre, ou d'aller manger dans un restaurant chic pour l'anniversaire de l'un de vous, etc.

5. Faites le point de temps en temps. Tous les couples (vous en êtes un !) ont « leurs » habitudes. Ce n'est pas forcément une mauvaise chose. Mais, attention ! Il faut savoir s'en défaire et en inventer de nouvelles, pour avoir toujours un plaisir neuf à être ensemble...

V

Quand Jupiter et Saturne sont en danger

Sortir avec un(e) extraterrestre, c'est merveilleux... mais c'est aussi dangereux. D'abord, parce qu'il existe d'autres extraterrestres, et que votre petit chéri (comme votre belle adorée) peut très bien en tomber amoureux (euse). Ensuite, parce qu'il y a des individus très puissants autour de vous : les PARENTS. Enfin, parce que, parfois, l'amour n'est pas éternel. Et, comme le disait un chanteur[1] :

La loi du grand amour est rude
Pour qui s'est trompé de chemin...

Voici des dizaines de « trucs » pour vous sortir au mieux de tous ces pièges !

1. Jacques Higelin, *Je ne peux plus dire je t'aime*, 1979.

★ 22 ★

La jalousie

Jordan et Salma sont venus ensemble à la soirée de Jacob. Soudain, quelqu'un baisse les lumières et les premières notes du superslow des Supercosmics, *Je t'aime trop grave* retentissent. Jordan invite Salma à danser. Ils se serrent l'un contre l'autre, et Jordan pose son visage sur l'épaule de sa Saturnienne préférée. Hélas, celle-ci voit Sandra adresser un magnifique sourire à Jordan. Sandra a beau détourner rapidement la tête, c'est trop tard !

SALMA

Tu regardais Sandra !

JORDAN

Mais non !

SALMA

Menteur !

JORDAN

Je ne mens pas ! Je l'ai vue, c'est tout... C'est quand même pas ma faute !

SALMA

Si, c'est ta faute ! Tu n'as pas à regarder les autres filles puisqu'on sort ensemble.

JORDAN

Alors je suis censé faire quoi ? Me mettre un bandeau sur les yeux et me cogner partout, pour ne pas te rendre jalouse ?

SALMA, *hurlant plus fort que la musique.*

Tu fais ce que tu veux : je te déteste !

Et elle sort de la pièce en espérant que Salomé, sa meilleure amie, lui courra après.

Que s'est-il passé ?

La situation : Salma est très amoureuse de Jordan. Les autres garçons ne l'intéressent pas. Mais elle a peur que Jordan, lui, soit intéressé par d'autres filles. Or, comme beaucoup de Saturniennes, Salma se sent (ou a peur qu'on ne la trouve) « moche, grosse et bête », bref, pas assez bien pour son Jupitérien préféré. Elle considère donc toutes les filles (même sa meilleure amie) comme des ennemies potentielles. Selon elle, quand Jordan s'apercevra que Sandra est « mieux » qu'elle, il n'aura qu'une idée en tête : la larguer, elle, pour sortir avec Sandra.

La crise : Salma est une Saturnienne. Elle préfère faire un scandale plutôt qu'analyser froidement la situation. De son côté, le Jupitérien n'a pas compris qu'il avait commis une faute grave en regardant Sandra. En effet, il n'a pas du tout l'intention de sortir avec Sandra : il est amoureux de Salma, et Sandra sort avec Jamel, son « super-pote ». Le malentendu entre les deux extraterrestres a donc provoqué une crise.

Que va-t-il se passer ?

Jordan peut décider de faire comme si de rien n'était. C'est sa réaction habituelle. Il va visser un index sur sa tempe en voyant Jamel le regarder (« Elle est complètement folle, cette Salma ! »), et il va se diriger vers la bouteille de Coca la plus proche, l'air dégagé.

Jordan peut décider de partir lui-même à la poursuite de sa Saturnienne. Après l'avoir convaincue de sortir des toilettes où elle s'est enfermée, il la serrera dans ses bras, et Salma éclatera en sanglots. C'est bon signe : en saturnien, cela veut dire qu'elle va mieux.

Trois questions à se poser pour éviter de tout casser

1. Bien sûr, la jalousie peut faire partie de l'amour ! On tient beaucoup à son extraterrestre préféré(e), et on a très peur de le perdre. C'est normal, non ? Mais sortir avec quelqu'un suppose de lui accorder sa confiance. Si vous n'y arrivez pas, demandez-vous pourquoi !

2. Quand on est jaloux, on a tendance à faire une montagne de petits riens. Avant de se lancer dans un esclandre, mieux vaut se demander si l'on n'est pas en train de délirer complètement !

3. Chère Saturnienne, avant de vous emporter, demandez-vous s'il n'y avait pas une meilleure attitude à adopter. Par exemple, prendre votre Jupitérien à part et lui dire simplement que vous l'aimez très fort, mais que vous avez l'impression qu'il s'intéresse d'un peu trop près à Sandra. Si vous arrivez à discuter calmement, vous apprendrez plus de choses sur votre relation que si vous hurlez, non ?

Et dites-vous que la jalousie n'est pas un signe d'amour ! Bien souvent, ce n'est que l'indice d'une fragilité et d'un manque de confiance en soi...

★ 23 ★

Les parents

Comment vos parents peuvent mettre en danger votre amour

En vous faisant **honte** (quand votre extraterrestre préféré[e] vient vous rendre visite, par exemple).

En posant trop de **questions** (à vous, à votre extraterrestre préféré[e], à vos meilleurs amis, et à votre petite sœur, qui se met à vous espionner en permanence).

En ne posant aucune question mais en faisant des **commentaires** (« Je ne te demande rien, moi aussi, à ton âge, bla-bla-bla »).

En vous empêchant d'aller à vos rendez-vous sous des **prétextes** nuls (« tu as trop de travail, tu as l'air fatigué, il fait nuit, mamie vient manger ce soir, tu n'as pas rangé ta chambre, tu as encore eu moins de dix-huit au contrôle d'histoire-géo, nous ne connaissons pas ce Jupitérien, tu as frappé ta petite sœur parce que tu as cru qu'elle t'avait volé le single des Supercosmics – alors qu'il était derrière ton lit », etc.).

En **gâchant** votre soirée (« On t'avait dit : d'accord, mais retour à dix heures dernier carat, il est dix heures CINQ, Sabine [Jacob], tu te rends compte ! Ta mère et moi avons failli MOURIR d'inquiétude ! »).

En ne comprenant **rien à rien** quand vous venez de vous disputer avec votre extraterrestre préféré(e) (« Tiens, tu es déjà de retour ? » ou : « Mais enfin, ma choupinette, tu pourrais dire bonjour à tatie avant de monter dans ta chambre ! »).

Comment réagir face à des parents

Le Jupitérien pense qu'avoir des parents, c'est **nul**. Normal : ils veulent contrôler sa vie (« Non, Jordan, pas plus de trois entraînements de basket par semaine »), vérifier son emploi du temps (« Dis donc, Julien, j'ai rencontré ton professeur de musique, hier, il m'a dit que vous n'aviez jamais cours à dix-sept heures, contrairement à ce que tu m'as raconté ! »), préparer sa carrière de médecin (« Ah, Jérémie, j'ai parlé au docteur Duschmoll, tu pourrais faire un stage chez lui, pour Noël, non ? »), ou bien encore ils refusent d'ouvrir leur porte-monnaie (« Tu crois que les euros tombent tout cuits dans ma poche, peut-être ? »), etc. En plus, quand une Saturnienne appelle à la maison, son père se met à ricaner très fort : « Jérôme, il y a ton amoureuse au téléphone, gnark-gnark-gnark ! » L'horreur ! Les seuls moments où le Jupitérien est content d'avoir des parents, c'est quand il a besoin d'une excuse (« Non, Sandra, ce soir, je ne peux pas te voir, je dois aider ma mère à vider le lave-vaisselle »). Mais, attention : la Saturnienne ne doit jamais, jamais, jamais en profiter pour critiquer les parents de son Jupitérien chéri. Celui-ci se mettrait aussitôt à les défendre, et il pourrait même décider de ne plus jamais revoir cette petite idiote de Saturnienne.

La Saturnienne est beaucoup moins **dégoûtée** que le Jupitérien d'avoir des parents. Évidemment, elle les trouve souvent **lourdauds** et **vieux**. Mais, en général, elle adorerait bien s'entendre avec eux (surtout avec sa mère). Le Jupitérien devra donc la réconforter dans les périodes de crise. Quand Samantha s'écriera : « Papa et maman sont complètement débiles ! Ils veulent que je rentre à dix heures, ce soir ! », Jonathan est invité à répondre : « C'est dur, ma chérie, mais, tu sais, ils font ça pour ton bien. » Cela lui donnera un air très mûr, et la Saturnienne aura le droit de lui répondre, un éclair admiratif dans les yeux : « Que ta parole me réconforte, ô grand sage ! » Cependant, Jonathan n'en pense pas un mot. Aussi Samantha ne doit-elle pas s'étonner si son extraterrestre adoré réagit violemment quand elle lui propose de rencontrer ses parents : « IL FAUT que tu les rencontres ! Depuis le temps que je leur parle de toi, ils veulent ABSOLUMENT te rencontrer. » Jonathan, lui, n'en voit pas la nécessité.

En résumé, n'oubliez pas que vos parents sont des êtres humains, eux aussi. Si vous n'êtes pas toujours d'accord avec eux, ce n'est pas grave. Mais sachez que, pour la plupart, ils agissent comme ils le font parce qu'ils se soucient de votre bien-être. Ils sont naturellement inquiets (même s'ils ne le montrent pas) ; essayez de ne pas en rajouter, vous en subiriez les conséquences. Gardez toujours à l'esprit qu'ils sont très utiles pour remplir les placards, le réfrigérateur, le congélateur, et surtout pour vous emmener où vous le leur demandez (« Papounet d'amour, j'ai terminé tous mes devoirs et je t'aime très fort, tu pourrais, s'il te plaît, m'emmener au cinéma pour deux heures et demie si ça ne te dérange pas, hein, dis ? »).

À la rencontre des parents saturniens

Jules doit rencontrer aujourd'hui les parents de Sonia. Il les connaissait avant de sortir avec Sonia, mais cela ne suffit pas (du point de vue de la Saturnienne).

SONIA, *tout en entraînant son amoureux vers sa maison.*

Ne t'inquiète pas : je suis sûre qu'ils vont t'a-do-rer... Et puis tu vas aimer mon père : il a exactement ton type d'humour. Et ma mère peut être très chou quand elle veut...

JULES

Tu es sûre que...

SONIA, *entrant chez elle.*

Ou-ouh ! On est là !

LA MAMAN, *les mains couvertes de farine.*

Sonia ? Quelle surprise ! Jules, je suis très contente que vous soyez là.

JULES, *essayant de garder son air sûr de lui.*

Euh... Moi aussi, madame, je suis très content que vous soyez là, hé-hé...

LA MAMAN

Mais entrez, entrez ! Ne restez pas là ! Je suis en train de faire un gâteau...

SONIA, *se dirigeant vers la cuisine.*
Un gâteau à quoi ?

LA MAMAN
Oh, un clafoutis aux griottes, comme d'hab... Aaaaaah !

Elle vient de donner un coup dans le saladier où elle a préparé la pâte. Heureusement, Jules rattrape le récipient au vol.

LA MAMAN, *bouleversée.*
Merci, Jules ! Vous m'avez sauvé la vie !

JULES
Euh... C'est normal...

SONIA, *un peu gênée.*
Viens, Jules, on va voir papa.

Elle entraîne son extraterrestre préféré au salon.

SONIA
Papa... Papa ? *(Pas de réponse.)* Voici Jules...

LE PAPA, *plongé dans son journal.*
Ah, oui.

Il lève les yeux, regarde longuement le Jupitérien, puis se remet à lire.

JULES

Bonjour, monsieur.

Le papa ne répond pas.

Sonia, *furieuse.*

Laisse tomber. Tant qu'il n'a pas lu son journal de bout en bout, il est insupportable.

Trois « trucs » pour éviter les catastrophes

1. Chère Saturnienne, n'invitez pas votre Jupitérien préféré quand il y a de l'orage dans l'air. Le Jupitérien déteste les drames, et il ne veut surtout pas être pris à partie dans des histoires de famille qui ne sont pas les siennes.

2. Cher Jupitérien, ne vous habillez pas « à la barbare » (pas de jeans troués, par exemple), surveillez votre langage (« C'est trop cool de vous rencontrer » fait mauvais genre) et évitez de donner brutalement votre avis *même si on vous le demande* (ne dites jamais : « Honnêtement, je trouve que cette lampe est horrible, madame »).

3. Ne cherchez pas à briller lors d'une première rencontre : c'est un bon moyen d'éviter les gaffes et les dérapages. Si tout se passe bien, le Jupitérien sera de nouveau invité chez sa Saturnienne adorée, ce qui lui donnera l'occasion de montrer au fur et à mesure qu'il est effectivement génial (rigolo, sympa, hyper-bien).

À la découverte des parents jupitériens

Justin a invité Samia chez lui. Ils sont dans sa chambre, en train de jouer sur l'ordinateur.

JUSTIN

Bon, allez, c'est ton tour. Toi, tu es le petit bonhomme ridicule avec plein de poils partout. Tu dois attraper la corde, là... Non, pas comme ça ! Tu vas te prendre le mur empoisonné en plein dedans ! Vas-y doucement. Attends, tu as oublié de prendre la gourde magique... Tu te concentres un peu ou quoi ?

SAMIA

Euh, Justin... C'est ta mère qui vient de passer, non ?

JUSTIN, *reprenant le joystick.*

Pfff... On s'en fiche...

SAMIA

Peut-être que je devrais aller lui dire bonjour, non ?

JUSTIN, *surpris.*

Pour quoi faire ? Enfin, si ça t'amuse...

SAMIA, *courant aussitôt à la poursuite de la mère de Justin.*

Bonjour, madame !

LA MAMAN

Samia, c'est ça ? Je suis ravie de te rencontrer ! Je peux te tutoyer, n'est-ce pas ? Que dirais-tu d'un petit thé ? Comme cela, nous pourrons discuter tranquillement toutes les deux...

JUSTIN

Mais maman... On est en plein milieu de *Mégadestructor VII* !

La maman et Samia ne lui répondent pas : elles sont déjà au salon. Justin se lève et va discrètement dans le couloir pour écouter ce qu'elles se racontent.

LA MAMAN

Je parie que Justin ne t'a pas montré comme il était beau, quand il était bébé. Je dois avoir une photo de lui quelque part...

JUSTIN, *bondissant dans le salon.*

Maman !

LA MAMAN

Qu'est-ce qu'il y a, Justin ? Tiens, Samia, voilà Jean-François. Jean-François, devine qui nous rend une petite visite...

LE PAPA, *alias Jean-François.*

Non ! Samia en personne ! Incroyable ! Je suis très fier de vous rencontrer, Samia. Depuis le temps que Justin *ne nous parle pas* de vous ! Il est très secret, vous savez... Mais je vois qu'il a aussi bon goût que son papa... Il n'y a qu'à voir sa mère, hein ? Enfin...

Le papa sort de la pièce : il vient de se souvenir qu'il doit absolument aller tondre la pelouse. Un peu plus tard, Justin raccompagne Samia jusqu'au coin de la rue.

SAMIA

Tes parents sont géniaux ! Ta mère est hypersympa, et ton père a l'air trop cool...

JUSTIN

Ouais... à petites doses, peut-être...

Trois « trucs » pour éviter les catastrophes

1. Chère Saturnienne, n'oubliez pas qu'un Jupitérien est différent de vous : il ne rêve pas de présenter son extraterrestre préférée à ses parents. S'il vous en donne l'occasion, c'est donc qu'il prend très au sérieux votre relation. Pourtant, ne vous attendez pas à ce qu'il vous embrasse tendrement devant ses parents. Au contraire, il deviendra certainement silencieux et légèrement irritable lorsque vous les rencontrerez. Ne lui demandez pas de s'expliquer : cela fait simplement partie de sa nature. Quand vous serez seuls, pensez cependant à lui dire combien ses parents sont « super ». Même s'il vous répond : « On voit bien que tu ne les connais pas ! », au fond, il sera ravi.

2. Cher Jupitérien, cela vous paraîtra sans doute horrible, mais votre Saturnienne adorée est ravie de rencontrer vos parents. Avec un peu de chance, elle ne remarquera pas tous leurs défauts dès la première fois. Alors, un conseil : détendez-vous ! Tout devrait bien se passer.

3. Si les parents jupitériens ou saturniens deviennent vraiment pénibles (« Quel joli petit couple vous faites, tous les deux ! »), une seule solution : sourire comme si de rien n'était... puis en rire très fort une fois le calvaire terminé !

Trois « trucs » à se rappeler en toutes circonstances

1. Cher Jupitérien, avoir des parents peut être un bon sujet de discussion avec votre Saturnienne adorée et ses parents (« Ah ! Jules ! Bonjour ! Comment va ta maman ? »).

2. Chère Saturnienne, n'ennuyez pas votre amoureux avec vos histoires de famille. Quelques anecdotes l'aideront à mieux vous connaître. Mais trop risqueront de le lasser...

3. Les parents sont un sujet sensible. Ils peuvent se mêler de votre vie privée (« Il m'a l'air très mal élevé, ce Joseph, je ne veux pas que tu le fréquentes ») et devenir un sujet de dispute (« Ta mère est super, je ne vois pas pourquoi tu en dis du mal »)... Ménagez-les, mais ne les laissez pas se mettre en travers de votre amour intergalactique : ce serait dommage, non ?

★ 24 ★

Quand rien ne va plus

C'est terrible. Vous croyiez avoir rencontré l'Amour De Votre Vie ; lui aussi. Vous pensiez que vous vous aimeriez éternellement ; lui aussi. Vous aviez fait des milliards d'efforts pour lui plaire ; lui aussi. Et pourtant, depuis quelque temps, vous le savez, tous les deux : votre relation s'approche de la FIN.

Ne vous laissez pas aller : même si la fin du monde semble arrivée, ce n'est pas le cas. Lisez les pages suivantes pour savoir ce qui se passe quand « tout est fini » !

Comment un Jupitérien « casse »

Il peut ne rien dire... et se cacher.

Il peut aussi prendre son courage à deux mains, et employer l'une des **dix expressions** que la Saturnienne est censée comprendre aussitôt :

- Je t'aime, je t'aime *beaucoup*, MAIS bla-bla-bla.
- Je crois qu'on devrait prendre un peu de recul par rapport à notre relation.
- Je n'ai vraiment plus le temps de sortir avec toi.
- Ne le prends pas mal, MAIS bla-bla-bla.
- Si tu m'aimes, laisse-moi tranquille.
- Je ne suis pas assez bien pour toi, je suis sûr que tu vas trouver quelqu'un de beaucoup mieux.
- Je pense que nous ne sommes pas faits l'un pour l'autre : nous sommes trop différents.
- Je préférerais que nous soyons juste amis.
- Je ne sais plus très bien où j'en suis, C'EST POUR ÇA QUE bla-bla-bla.
- Je ne peux pas venir à notre rendez-vous, je dois voir Soraya.

Comment une Saturnienne « casse »

En général, la Saturnienne pense qu'elle doit une explication à son ex-extraterrestre préféré. Les **dix explications** qu'elle utilise le plus sont les suivantes :

- Bon, eh bien, je crois qu'on a compris tous les deux que c'était fini entre nous...

(Attention : le plus souvent, le Jupitérien ne l'a pas compris, lui.)

- Je t'aime *trop*. Ça ne peut pas continuer comme ça.
- Tu as changé. Je te préférais avant.
- Je ne suis pas faite pour le grand amour.
- Maman m'a dit que j'étais trop jeune pour sortir avec quelqu'un, et je crois qu'elle a raison.
- De toute manière, tu n'as jamais aimé ma famille.
- Tu es tellement merveilleux... C'est si difficile de te dire que je ne veux plus sortir avec toi !
- Je ne sais pas ce qui m'arrive... Je crois que j'ai besoin de prendre de la distance par rapport à tout ça...
- D'après mon horoscope, je vais faire une rencontre fabuleuse dans les prochains jours. Alors, je préfère casser maintenant.
- Il vaut mieux se quitter tant qu'on s'entend bien, non ? Comme ça, on ne garde que les bons souvenirs !

REMARQUE : Parfois, la Saturnienne menace de « casser » pour obliger le Jupitérien à lui montrer combien il l'aime. Méfiance, cette stratégie est très risquée...

Comment réagit la Saturnienne

Sur le coup, elle a l'impression que le monde s'écroule. Mais elle s'aperçoit rapidement qu'il n'en est rien, et c'est pire ! Sa mère continue de lui demander de ranger sa chambre ; son père continue de lui faire remarquer que, de son temps, il n'était pas question d'aller à l'école dans des tenues aussi choquantes ; sa petite sœur continue de lui piquer ses disques et son maquillage. Dans ces moments-là, elle fait appel à ses amies, qui seront ravies de la consoler.

CONSEIL PRATIQUE POUR LES MEILLEURES AMIES : Pensez à vous munir d'une boîte de mouchoirs en papier, elle vous sera certainement très utile.

Comment réagit le Jupitérien

En public, il fait comme si de rien n'était (pour qu'on ne se moque pas de lui). Il ne faut pas s'y fier : la plupart du temps, il est hyper, hypertriste. Quand il se retrouve tout seul, il essaie de se convaincre que cela lui est complètement égal (« Une de perdue, dix de retrouvées », répète-t-il en grimaçant). Mais comme il sent que ce n'est pas vrai, il cherche des distractions (écouter de la musique, faire encore plus de sport, sortir en soirée). Parfois, cependant, il se contente de rentrer dans sa coquille, et il y reste pendant plusieurs jours.

Comment survivre quand rien ne va plus

- Éviter les débordements : chacun peut exprimer sa tristesse, mais il est inutile de noyer tout le monde sous le flot de son chagrin.
- Ne pas chercher à blesser l'autre, en se moquant de lui ou en l'insultant. Cela ne sert à rien, et on risque de le regretter plus tard.
- Réfléchir à la situation : ne vaut-il pas mieux arrêter de sortir ensemble si l'on ne s'entend plus, plutôt que de faire « comme si » le plus longtemps possible ?
- Ne pas hésiter à appeler les meilleur(e)s ami(e)s à la rescousse : ils et elles sont aussi là pour ça !
- Ne pas se précipiter dans les bras d'un autre extraterrestre pour « se venger ». Vous, cela ne vous apportera aucun plaisir ; et si votre ex-extraterrestre préféré ne vous aime plus, il ne sera probablement pas jaloux.

- Rappelez-vous tous les bons moments que vous avez vécus avec votre extraterrestre préféré. Même si, actuellement, vous souffrez, cela valait le coup, non ?
- Dites-vous, même si c'est dur, que la vie continue. Vous avez le droit d'être triste, mais vous avez aussi le droit, dès que l'envie vous en prendra, de vous remettre à vous amuser. Peut-être même qu'un jour certains Jupitériens (ou certaines Saturniennes) vous donneront envie de vous remettre à l'astronomie !

★ Conclusion ★

Cher Terrien, garçon ou fille, désormais, peut-être comprendrez-vous mieux votre extraterrestre préféré. Au moins, avez-vous pris conscience qu'il était *différent* de vous, et que, pour l'aimer vraiment, il fallait *accepter* ces différences entre vous.

Sur Terre également, rencontrer un extraterrestre avec lequel on est *bien* est une chose merveilleuse. Mais n'oubliez pas que Saturne et Jupiter ont besoin, de temps à autre, de retrouver leur planète et leurs habitudes. Si vous parvenez à respecter ces principes, vous vivrez tous les deux en harmonie.

Et si vous percevez en vous-même ce qui provient de Saturne et de Jupiter, non seulement vous vivrez mieux avec l'élu de votre cœur mais aussi bien mieux avec vous-même.

Alors, bon voyage intergalactique... et n'oubliez pas ce guide pour la route !

★ *Table des matières* ★

Dans la même collection, découvre vite :

Garçons, mode d'emploi
Petit manuel à l'usage des filles
Morag Prunty

S'entendre ? Se comprendre ? Se plaire ?
Les filles viennent de Saturne, les garçons de Jupiter
Kathryn Lamb

Bien dans sa peau, bien dans ses baskets
La beauté au quotidien
Heidi Schumacher
(à paraître en juin 2004)

Mon corps, ma tête, mon cœur et moi
Découvrir sa sexualité
Kerry Parnell
(à paraître en juin 2004)

Cet ouvrage a été composé par
PCA - 44400 REZE

Impression réalisée sur Presse Offset par

BRODARD & TAUPIN

GROUPE CPI

La Flèche (Sarthe), le 05-03-2004
N° d'impression : 22385

Dépôt légal : avril 2004

Imprimé en France

POCKET *jeunesse*

12, avenue d'Italie • 75627 PARIS Cedex 13

Tél. : 01.44.16.05.00